für Dan
ohne Worte
Ruth

Ruth Cerha

DER GESANG DER RÄDER IN DEN SCHIENEN

w w w . l u f t s c h a c h t . c o m

herausgegeben von Stefan Buchberger und Jürgen Lagger

Umschlaggestaltung & Layout: Jürgen Lagger
Umschlaggrafik: © Wolfgang Hametner, *www.wolfganghametner.com*
unter Verwendung eines Fotos von ©Marlies Allmaier

Satz: Birgit Forst
Druck und Herstellung: FINIDR, s.r.o.

Die Wahl der angewendeten Rechtschreibung
obliegt dem/der jeweiligen AutorIn

ISBN: 978-3-902373-24-3

… they say if you get far enough away,
you´ll be on your way back home …

Tom Waits

Vertikal

Ich werde dir eine ziemlich kuriose Geschichte erzählen, du musst sie nicht glauben, aber sie ist wahr, wenigstens glaube ich, dass sie wahr ist, ein guter Freund hat sie mir erzählt. Sie ist ihm letztes Jahr passiert und die Geschichte passt zu ihm, Leon, weißt du noch, der Cellist, mit dem ich mal gespielt habe. Ich weiß den Anfang nicht mehr genau, ich weiß nicht, wo er diese Frau kennen gelernt hat, Janni.

Janni ist Tänzerin, vielleicht haben sie bei einer Produktion zusammengearbeitet oder sie ist ihm bei Freunden über den Weg gelaufen. Sie ist klein, drahtig, sehr hübsch, wie gemalt, ihr Gesicht bekommt erst eine dritte Dimension, wenn sie lacht. Ja, ich habe sie ein paar Mal gesehen, Leon hat sie mir vorgestellt, als es schon fast wieder vorbei war, auf seine altmodische Art, unterbrich mich nicht. Er lernt sie also kennen, er lädt sie ein paar Mal zum Essen ein, so ist er, niemals würde er eine Frau gleich beim ersten Mal mit in seine Wohnung nehmen, auch nicht zu ihr gehen, Janni versucht es, sie will ihn sofort, aber er lässt es nicht zu. So sitzen sie artig und essen, Hähnchen in Salbeibutter, gegrillten Lachs mit Chili und Zitronengras, er isst gerne, führt sie in die besten Lokale, sie verschlingt ihn mit Blicken, seine dunklen, leicht schräg geschnittenen Augen, die schmalen, weißen Hände mit den ewig langen

Fingern, er sieht wirklich gut aus, findest du nicht? Sie weiß, dass sie Geduld haben muss, aber sie hat keine, also redet sie. Sie redet die ganze Zeit, Leon hört ihr aufmerksam zu, während er den Fisch entgrätet, er stellt kluge Zwischenfragen, bestellt mehr Wein. Janni erzählt, dass sie aus New York kommt, ihr Vater sei Amerikaner, ihre Mutter Deutsche, aus München. Sie erzählt von ihrer Kindheit in einer kleinen, immer unaufgeräumten Wohnung in Greenwich Village, der Allgegenwart der Musik, die fragilen Töne von Fred Friths Gitarre, wie hauchdünnes Glas, Laurie Andersons flüsternde Stimme: *... this is your mother, are you there? Are you coming home?* Ihr Vater Saxophonist, immer ohne Geld, ihre Mutter, die von einer kleinen Erbschaft lebt und ihn aushält, sie zahlt auch Jannis Ballettunterricht, sie ist ehrgeizig. Janni übt verbissen an der Stange, in einem kleinen, zweitklassigen Institut am West Broadway, der Raum ist heiß und stickig, einmal fällt Janni in Ohnmacht. Sie erzählt vom Eislaufen vor dem Rockefeller Center, dem Weihnachtskitsch auf der Fifth Avenue, den sie heute verabscheue, als Kind jedoch über alles geliebt hat, von den Enten im Central Park, vom Schnee. Sie glaubt, Leon lässt sie zappeln, es macht sie wahnsinnig, sie gehört nicht zu den Frauen, die so etwas reizt, woher ich das weiß? Sie hat es ihm gestanden, später.
Sie glaubt also, es ist seine Taktik, Frauen zu erobern, sie glaubt, es ist ihm ein Vergnügen, aber sie weiß nicht, wie Leon ist, dass er Angst hat, dass er sie reden lässt, um seine Angst zu besänftigen.

Er muss Vieles über sie wissen, er prüft sie, ohne dass sie es merkt, darin ist er geschickt. Der Boden gibt unter ihm nach, sobald er sich verliebt, er fühlt sich wie in einem Sumpf, seine Einladungen zum Essen die vorsichtigen Schritte, mit denen er nach festem Boden sucht. Er müsste Vertrauen haben, aber er hat keines, er hat zu viele Lügen gehört, zu früh. Nein, ich kenne seine Kindheitsgeschichte nicht genau, Leon spricht nicht viel über sich, auch Janni hat er wenig erzählt, da bin ich sicher. Das Wenige aber vergisst man nicht, es wiegt schwer und die Bilder verfolgen einen bis in den Schlaf.
Janni hingegen erzählt, als müsse sie eine vollständige Biographie abliefern, von der Trennung der Eltern, dem Umzug nach München mit ihrer Mutter, die Erbschaft ist verbraucht, München ist eng und bürgerlich, Janni ist dreizehn. Leon fragt sie, ob sie ihren Vater vermisst hat, sie sagt sofort: Nein, dann sagt sie fast fünf Minuten lang nichts, raucht nervös eine Zigarette, macht hastige, unnötige Bewegungen, wirft ein Glas um. Leon glaubt, ihr zu nahe gekommen zu sein, er fürchtet, dass sie jetzt aufhört zu reden, dann plötzlich lacht sie, sagt: Na ja, vielleicht doch ein bisschen, er hat immer für mich Klarinette gespielt, wenn ich nicht einschlafen konnte. Aber er hat auch Möbel demoliert, wenn meine Eltern sich stritten, und er konnte unglaublich laut schreien, ich hatte Angst vor ihm.
Leon ist erleichtert, es ist die fünfte Verabredung, er fühlt sich schon ein wenig sicherer, Janni kann

kaum noch sitzen. Er will wissen, wie sie nach Wien gekommen ist. Zufall, sagt Janni. Eine Interrailreise im ersten Sommer nach dem Abitur, sie steigt in den falschen Zug, eigentlich ist sie schon wieder auf dem Weg zurück nach München, aber etwas geht schief, Waggons werden abgehängt und sie ist in Wien. Sie nimmt es als Fügung, München hat sie nie gemocht, an Wien mag sie die vielen Ausländer, das fühlt sich an wie zu Hause, sie sagt das auf Englisch, it feels like home, mit einem seltsamen Akzent, den Leon noch nie gehört hat. Sie ist jetzt wieder ganz im Redefluss, ihre Wangen sind gerötet vom Wein, sie ist schön, Leon beobachtet ihr Mienenspiel, ihren beweglichen Mund, die intensiven Gesten, den Tanz ihrer Finger und Hände beim Sprechen. Als sie das Zimtparfait aufgegessen haben, springt Janni plötzlich auf, sagt: Vielen Dank für das tolle Essen, ich habe morgen früh eine Probe, und läuft davon. Leon überfällt der entsetzliche Verdacht, dass er sie nie wieder sehen wird, er läuft ihr nach, holt sie an der nächsten Ampel ein, umarmt sie von hinten, sie dreht ihren Kopf zur Seite und nach oben wie ein Schwan, damit er sie küssen kann, er küsst sie auf den Hals und sagt: Schade, dabei wollte ich die Nacht mit dir verbringen.

Von Anfang an sind sie immer bei ihm, Janni vermeidet es, dass er in ihre Wohnung kommt, ohne je auszusprechen, dass sie es nicht will. Ihre Wohnung ist viel kleiner, nicht so schön gelegen, nicht so hell wie seine, die Möbel zusammengewürfelt, ein durchgesessenes Ikeasofa mit ausgebleichtem, einstmals türkisfarbenem Bezug, ein Sessel aus den Fünfzigern mit einem Riss in der Polsterung, eine Jugendstillampe mit kaputtem Schirm, an der Wand Warhols Marilyn und sonst nichts, Leon glaubt, dass es daran liegt. Ein einziges Mal übernachten sie dort zusammen, Leon ist überwältigt vom Ausmaß der Unordnung, den riesigen Kleiderhaufen, Papierbergen, überhaupt der enormen Ansammlung von Materie, Haarspangen, Kisten mit Fotos, Batterien, Handtaschen, er ist nicht schockiert, es ekelt ihn nicht, er versteht nur nicht, wie so etwas entstehen kann. Vielleicht versteht er sie überhaupt nicht, denkt er, während er wachliegt in ihrem monströsen Bett und das Scheinwerferlicht der vorbeifahrenden Autos beobachtet, wie es in Streifen über die niedrige Decke und die leeren Wände wandert, manchmal hat er dieses Gefühl. Er kann nicht schlafen, geht ins Bad, nimmt wahllos ein paar Gegenstände in die Hand und legt sie wieder zurück, einen rotbraunen Lippenstift, den er oft an ihr gesehen hat, ihre Zahnbürste, den kleinen, schwarzen Taschenspiegel, den sie sonst immer bei sich trägt, ein geblümtes Schminktäschchen. Er sieht sich diese Sachen an, als könnten sie ihm etwas erklären, er weiß nicht, was. Es rührt ihn, sie in der Hand zu halten, plötzlich sehnt er sich nach ihrer Wärme, nach ihrem kleinen, sehnigen Körper. Als er wieder ins Bett geht, wird Janni wach und sie lieben sich, mit ihr zu schlafen ist für ihn immer noch ein Nachgeben gegenüber einem

Widerstand, ein Zögern im Fallen. Er spürt, wie dieser Widerstand langsam schwächer wird, ein verklingendes Echo von etwas, an das er sich nicht mehr erinnert.
Sie beginnen, sich öfter zu sehen, er nimmt Anteil an ihrer Arbeit, spricht mit ihr über Probleme mit Choreographen und Kollegen, sie sucht seinen Rat bei Entscheidungen, die sie treffen muss. Abends liegt sie auf seinem weißen Wittmann-Sofa und lässt sich von ihm massieren, Leon ist ein fantastischer Masseur, das weiß ich. Manchmal bittet sie ihn, ihr etwas vorzuspielen, dann nimmt er sein Cello, zieht die Vorhänge zur Seite und setzt sich ans Fenster. Sie möchte, dass er im Dunkeln spielt, und so hat er ein wenig Licht von draußen, die Straßenbeleuchtung fällt in einem Rechteck ins Zimmer, in diesem Rechteck sieht Janni das Griffbrett und einen Teil des glänzenden Korpus, Leons Hand, die mit dem Bogen immer und immer wieder die linke, obere Ecke des Rechtecks abschneidet. Er spielt kein bestimmtes Stück, nur einzelne Töne, die er aneinanderreiht wie Perlen auf eine Kette, es ist keine Improvisation, eher ein Suchen. Manchmal schläft sie ein, während er spielt, dann trägt er sie ins Schlafzimmer und legt sie ins Bett, in genau der Position, in der sie auf dem Sofa gelegen hat und mitsamt ihrer Kleider. Dann geht er zurück ins Wohnzimmer, macht das Licht an, setzt sich aufs Sofa und trinkt ein Glas Wein zur Beruhigung, für sie zu spielen erzeugt in ihm eine merkwürdige Anspannung, es macht ihn fahrig, nervös, auf eine Art, die er nicht kennt,

er hat das Gefühl, Dinge tun zu müssen, die er sonst nie tut, die nicht zu ihm passen. Einmal entdeckt er dabei Jannis Schlüsselbund und ihre Fahrzeugpapiere, die sie auf dem Sofa liegengelassen haben muss. Er nimmt den Schlüsselbund in die Hand, lässt ihn von einer Hand in die andere fallen, als müsse er sein Gewicht bestimmen, die meisten Schlüssel kennt er, Wohnung, Haustor, Auto, Postkasten, die kleine Taschenlampe, er schaltet sie abwesend ein und wieder aus, dann legt er den Schlüsselbund auf den gläsernen Couchtisch und nimmt das schwarze Lederetui mit den Fahrzeugpapieren. Er hat sich noch nie ihren Führerschein angesehen, eigentlich ist er nicht neugierig, jetzt aber will er das Foto sehen, ihr Gesicht, nicht schlafend und zur Hälfte im Kissen vergraben, sondern wach und aufmerksam, vielleicht lächelnd. Das Foto ist mindestens fünf oder sechs Jahre alt, schätzt Leon, Janni wirkt sehr jung, sie ist ungeschminkt, sieht irgendwie gehetzt aus, sie schaut nicht in die Kamera, sondern zur Seite – nicht mit dem Kopf, nur mit den Augen – als wäre dort etwas, das sie fürchtet, zu versäumen. Die schwarzen Haare sind kurz geschnitten, ihr Hals ist lang, er betrachtet diesen Hals, den er liebt, er denkt an ihren ersten Kuss auf der nassen Straße im gelblichen Licht, dann wandert sein Blick nach unten, zu ihrer winzigen Unterschrift, ihrem Namen. Jannika Morton, steht hier, geboren am 22.6.1978 in Saint Cloud, Minnesota. Minnesota? Vor zwei Monaten haben sie ihren neunundzwanzigsten Geburtstag gefeiert, ein Jahr noch, hatte sie gesagt, er hatte gefragt: ein Jahr noch und dann? aber es stimmt gar nicht, sie ist erst sechsundzwanzig, rechnet Leon, er versteht nichts. Er spürt, wie sein Gehirn zu arbeiten beginnt, er will das eigentlich nicht, fühlt sie sich nicht ernst genommen, macht sich deshalb älter, er ist vierunddreißig, macht sie das für ihn? Sie wollte mit ihm allein feiern, kennen alle anderen ihr wahres Alter, was ist das eigentlich, ihr wahres Alter, mein Gott, sei nicht so kleinlich, sagt er sich, hundertmal hat er sich das schon gesagt. Er sitzt immer noch da und starrt auf den Führerschein, er sollte ins Bett gehen, denkt er, die ganze Geschichte vergessen, sie einfach fragen, morgen. Aber er bleibt sitzen, starrt weiter den Führerschein an, er wartet darauf, dass die Zahlen sich verändern, dass das Denken aufhört, da ist ein weißer, leerer Raum in ihm, der sich in unglaublicher Geschwindigkeit füllt mit mehr oder weniger logischen Überlegungen und Theorien, Argumenten und Gegenargumenten, er will, dass das aufhört, aber er fürchtet auch die Stille, in der er neben der angezogenen Janni im Bett liegen wird, und das leise, bröselnde Geräusch seines Misstrauens in der Nacht.

Am nächsten Morgen findet ihn Janni auf dem Sofa schlafend, sie zieht die Augenbrauen hoch, ihr Schlüsselbund und ihre Fahrzeugpapiere liegen auf dem Couchtisch, sie weiß nicht mehr, wo sie sie gestern Abend hingelegt hat. Janni macht Kaffee, trinkt ihn stehend in der Küche und sieht dabei aus dem Fenster in den Garten, sie denkt vielleicht, wie schön er ist in dem dunstigen Licht, es ist bewölkt und windstill, die kleine Laube mit den Heckenrosen, die Passionsblumen, Leons Garten, sie liebt ihn besonders für seinen Garten, als er in die Küche kommt. Leon ist unausgeschlafen, das verknitterte Hemd hängt ihm aus der Hose, er fühlt sich weich und ungeschützt. Er will Janni umarmen, sie ausziehen, er will sie nochmals ins Bett tragen und sie lieben, doch als Janni, wie immer schneller als er, ihm einen guten Morgen wünscht, ihn fragt, ob er auch Kaffee möchte, ob er gestern auf dem Sofa eingeschlafen ist, sagt er: Du bist sechsundzwanzig, er wollte es gar nicht sagen, dieser kleine Satz hatte offenbar die ganze Nacht über auf seiner Zunge eingerollt geschlafen, und als er den Mund aufgemacht hatte, war er herausgefallen. Janni wirft den Kopf herum, jetzt sieht sie genauso aus wie auf dem Foto, Leon ist verwirrt, aber es ist nur ein kurzer Moment, dann dreht sie sich von ihm weg, sie fragt: Seh ich so aus? mit einer fremden, dunklen Stimme, einem gewollt koketten Tonfall, Leon sagt: Ja, und nach einer kurzen Pause: Nein, ich weiß nicht, jetzt kann ich das nicht mehr beurteilen, es ist ja auch kein großer Unterschied. Janni gießt Kaffee in eine zweite Tasse, schneidet zwei Scheiben Brot ab und steckt sie in den Toaster, Leon sieht ihr dabei zu und weiß nicht, was er noch sagen soll. Janni bringt ihm seinen Kaffee, bleibt vor ihm stehen und sagt: Tja, ich dachte, einer wie du will vielleicht keine zehn Jahre jüngere Frau. Es sind nur acht, unterbricht er sie, er ist überrascht über sich selbst, über die Schärfe in seiner Stimme, nur acht Jahre, meine ich, fügt er unnütz hinzu, das ist doch kein Problem. Seine Stimme klingt jetzt wieder sanfter, er fasst sie mit einem Arm um die Taille, mit der anderen Hand nimmt er die Kaffeetasse, er will sie küssen, aber sie windet sich aus seinem Griff, hebt die Hände in einer unbestimmten Geste, die Brote springen aus dem Toaster, Leon zuckt zusammen. Das Telefon läutet, er geht ins Wohnzimmer, hebt ab und legt sofort wieder auf, als er in die Küche zurückkommt, hat Janni die Brote bestrichen und zwei Teller auf den Tisch gestellt, Leon dreht das Radio auf, sie setzen sich und frühstücken wortlos.

Am selben Abend sitzen sie beim Italiener um die Ecke und essen, die Atmosphäre ist versöhnlich, er empfindet es so, obwohl sie ja nicht wirklich gestritten haben. Janni erzählt von einem Angebot, das sie bekommen hat, *Medea*, ein berühmter Choreograph, eine wahrscheinlich einmalige Chance, mit ihm zu arbeiten, sie müsste vier Wochen in Salzburg verbringen oder aber zwischen Salzburg und Wien hin- und herpendeln. Leon hasst Salzburg wie die meisten Musiker, er sagt: Schick mir bloß keine Postkarte, sie lacht, schlürft eine Venusmuschel aus der Schale und sagt: Doch, eine mit Karajan und den Philharmonikern, dann redet sie weiter von der Produktion, ihren Zweifeln, gut genug zu sein, den anderen Tänzern, die sie teilweise kennt, teilweise nicht mag, von der Gage. Die Tischkerze geht aus, Leon nimmt Jannis Feuerzeug und zündet sie wieder an, Janni beugt sich schnell vor und hält ihre Zigarette in die noch brennende Flamme, Leon genießt die Intimität dieser kleinen Gesten, er genießt die leise Musik im Hintergrund, das Klappern von Tellern und Besteck, den Teppich aus Geräuschen und Gesprächen um ihn herum, er lehnt sich zurück und lässt sich sinken wie in ein zu weiches Bett.

In den nächsten Wochen sehen sie sich viel, Leon erzählt mehr von sich, von seinen Reisen, dem Wunsch, das Orchester aufzugeben und nur mehr Jazz zu spielen, seiner Liebe zum Film. Er fühlt sich Janni sehr nah, er ist froh, dass er jetzt weiß, wie alt sie wirklich ist, er hat das Gefühl, sie dadurch besser zu kennen, obwohl er weiß, dass das lächerlich ist. Manchmal denkt er an Minnesota, immer nur nachts, wenn sie schläft, er war nie da, er stellt es sich vor, einmal sieht er auf der Landkarte nach. Saint Cloud, eine kleinere Stadt nördlich von Minneapolis, direkt am Mississippi, da, wo er noch kein breiter, mächtiger Strom ist, wo er noch nichts weiß von der Sonne über Louisiana, vom niemals schlafenden Rhythmus von St. Louis. Er stellt sich ein amerikanisches Krankenhaus vor, wo acht oder zehn Frauen in einem Kreissaal liegen, unter ihnen Jannis Mutter, die deutsche Flüche ausstößt, die keiner versteht. Waren sie auf Urlaub, Janni eine überraschende Frühgeburt, hat ihr Vater Verwandte, die dort leben? Er nimmt sich vor, sie zu fragen, beiläufig, sachlich, gleich morgen, sie

haben eine Verabredung am Nachmittag, Janni hat einen Zahnarzttermin, danach wollen sie sich treffen, vielleicht ins Kino gehen. Er ist eine halbe Stunde zu früh im Café, hat keine Lust, die Zeitung zu lesen, zu warten, allein, also beschließt er, sie vom Zahnarzt abzuholen. Unterwegs kauft er Blumen, unvernünftig, sie werden sie den ganzen Abend herumschleppen müssen. Er sucht nach der richtigen Formulierung seiner Frage, während er die abgetretenen Steinstufen hinaufsteigt zur Arztpraxis, er hätte den Lift nehmen können, diesen vergitterten Kobel, aber er mag den Geruch im Treppenhaus, leicht feucht und getränkt mit den Speisen vom Mittag.
Leon setzt sich ins Wartezimmer, in einen Rokokosessel mit grün-gelb gestreiftem Bezug, das ganze Wartezimmer ist voller Antiquitäten, es riecht nach Geld, mehr noch als nach Zahnarzt. Eine alte Dame mit einer überdimensionalen Handtasche aus Krokodilleder sitzt ihm gegenüber und stöbert unausgesetzt darin herum, bringt abwechselnd verschiedene Brillenetuis, gebrauchte Stofftaschentücher, Puderdose, Lippenstift zutage, eine Mutter weist in leise zischendem Tonfall ihre kleine Tochter zurecht, die auf einem Bein um den zierlichen Biedermeiertisch hüpft, auf dem sich Gesundheitszeitschriften stapeln, begleitet von einem eintönigen Singsang, die Zeit ist ein ausgeleierter Strumpf. An der Wand hängt ein Plakat, *Mundhygiene für Groß und Klein*, aus dem Behandlungszimmer kommt ein müde aussehender Mann mit Glatze und hält sich die Backe. Leon steht auf und

geht zur Sprechstundenhilfe, eine blondgefärbte, auftoupierte Mittvierzigerin, sie telefoniert in gereiztem Tonfall, dann, nachdem sie aufgelegt hat, wendet sie sich ihm zu, verzieht den Mund zu einem mechanischen Lächeln: Haben sie einen Termin? Ich suche Miss Morton, Jannika Morton, sie müsste eigentlich schon fertig sein, ich wollte sie abholen. Morton, Morton, lassen sie mich sehen ... sie war vorgestern hier, am Dienstag, zur Mundhygiene, sie blickt zu ihm auf, verlegen oder auch nur verständnislos, sie müssen sich geirrt haben, tut mir Leid, Leon bezweifelt das, er bezweifelt, dass es ihr Leid tut und auch, dass er sich geirrt hat, er sagt: Danke, er weiß nicht, wofür, dreht sich um und geht hinaus, sein Gehen ist so mechanisch wie ihr Lächeln.
Draußen hat es zu regnen begonnen, ein feiner, dichter Regen, wie Perlenschnüre, Leon bemerkt ihn nicht, er geht wie ein Roboter, er kann nicht entscheiden, wohin er geht, kann nicht denken, jetzt weiß er es endlich, dass Roboter nicht denken können, er hat es immer gewusst. Als er das Café betritt, sieht er Janni sofort, sie sitzt auf einer der Bänke am Fenster, völlig entspannt, einen Ellenbogen auf die Lehne gestützt, den Kopf leicht schräg und beobachtet ein Paar am Nebentisch. Sie hat ihn noch nicht gesehen, nimmt ihn erst wahr, als er eigentlich schon da ist, in den Knien einknickt und sich ihr gegenüber auf die Bank fallen lässt, stumm und ohne sie zu küssen. Wasser läuft ihm aus den Haaren den Nacken hinunter und in den Kragen.

Janni bläst ihre linke Backe auf und zeigt mit dem Finger darauf. Ich war schneller fertig, als ich dachte, nur eine kleine Plombe, nichts Schlimmes. Nichts Schlimmes, wiederholt Leon, er sieht Janni wie durch ein umgedrehtes Opernglas, sehr klein und sehr weit weg, er schaut auf seine Hände, die vor ihm auf dem Tisch liegen, als gehörten sie nicht zu ihm, sie kommen ihm ungewöhnlich groß vor, er sollte sie bewegen, etwas sagen, er weiß nicht, wie. Er verspürt den Impuls, sie zu ohrfeigen, mit seinen riesigen Händen, diese Backe mit der Plombe darin, die er nicht sehen kann, die es nicht gibt, es gibt keine Plombe, er macht den Mund auf und sagt: Es gibt keine Plombe. Janni öffnet ebenfalls den Mund, zieht mit einem Finger ihren Mundwinkel zur Seite und zeigt ihm eine alte Amalgamplombe, er hat sie schon öfters gesehen, er schaut weg und sagt: Du warst vorgestern beim Zahnarzt, zur Mundhygiene, das Wort kommt ihm plötzlich unglaublich obszön vor. Janni wird nicht rot, sie richtet sich auf, beugt ihren Oberkörper nach vor und beginnt, sehr schnell zu reden, sie sagt: Ja, ich war vorgestern da, und da hat Dr. Behrens dieses Loch entdeckt, aber er hatte keine Zeit mehr, es zu behandeln, also hat er mich für heute wiederbestellt, sie sagt: Er hat mir den nächst möglichen Termin gegeben, damit das Loch nicht schlimmer wird, er ist wirklich nett, Dr. Behrens, ich gehe schon lange zu ihm, hast du dort angerufen, oder was? Sie zündet sich eine Zigarette an, lehnt sich wieder zurück, spielt mit dem Feuerzeug. Ich war dort, ich wollte dich abholen, antwortet Leon, er fühlt sich wie ein Zeuge bei einer Vernehmung, eine unheimliche Ruhe hat von ihm Besitz ergriffen, eine grausame Ruhe, für den Moment genießt er sie. Janni schüttelt den Kopf, lächelt verloren, sie sieht aus dem Fenster, schlägt ein Bein über das andere, sie sagt: Ich wollte wirklich hingehen, ich hätte den Termin wahrnehmen sollen, gestern musste ich schon ein Pulver nehmen wegen der Schmerzen, aber ich habe panische Angst vor Zahnbehandlungen, es ist kindisch, lächerlich, ich konnte es nicht zugeben. Sie sieht ihn entschuldigend an, schlägt die Augen nieder und seufzt, als hätte sie dieses Geständnis erleichtert. Eine Weile sagen sie nichts, der Kellner kommt und leert den Aschenbecher, die Kristalllüster an der Decke gehen an und beleuchten unangenehm ihr Schweigen, Leon hat das Gefühl, dass alle sie anstarren, wie auf einer Bühne. Er beugt sich langsam über den Tisch, bis sein Mund ganz nahe an Jannis Ohr ist und sagt: Es hat nie einen Termin gegeben, dann steht er auf und geht hinaus, er geht zu Fuß, quer durch die Stadt, das Gehen tut ihm gut, das Gehen und die Dunkelheit und der kalte Wind, die scharfe Luft im Gesicht, er geht mit halbgeschlossenen Augen, sodass die Scheinwerfer der Autos einen Strahlenkranz haben, als Kind hat er das gerne gemacht. Es hat zu regnen aufgehört, es ist nicht wirklich kalt, die Stadt atmet, sie riecht nicht mehr nach Stadt, sie riecht nach nassem Gras, nach feuchter Erde, es ist merkwürdig, wenn es so riecht, während man über den Asphalt geht, durch Häuserschluchten, vorbei an Supermärkten und Wäschereien und Bars, denkt Leon. Als er zu Hause ankommt, ist es spät, Janni sitzt auf der Treppe vor seiner Wohnungstür und sagt: Bitte schick mich nicht weg. Er ist froh, dass sie da sitzt, er hat nicht daran gedacht, sie wegzuschicken, er möchte lieber sich selbst wegschicken oder einen bestimmten Teil von sich, gleichzeitig kann er sich kein Bild machen von sich selbst ohne diesen Teil, der in den nächsten Tagen ein Eigenleben entwickelt, ihre Handtasche durchsucht, während sie am Klo ist, unter ihr Bett und in ihren Kofferraum schaut, ins Handschuhfach, sie überall abholen will, wo sie hingeht, es ist widerlich, er ist angeekelt von sich selbst, gleichzeitig noch immer unfähig, sie nach Minnesota zu fragen. Es hat ein Gespräch gegeben in der Nacht nach dem Zahnarzttermin, den es nicht gegeben hat, Janni hat noch mehr über ihren schlechten Zahn gejammert, eine weitere schmerzstillende Tablette zu sich genommen, ja, Dr. Behrens habe ihr empfohlen, sich so bald wie möglich einen Termin geben zu lassen, sie aber sei einfach gegangen, vorbei an der blondierten Sprechstundenhilfe, sie habe es nicht gewagt, ihre Angst sei neurotisch, sie habe sie nicht unter Kontrolle. Aber warum hast du *mir* erzählt, du gingest zum Arzt, ich wusste ja gar nichts von deinen Zahnschmerzen, fragte Leon und fühlte sich dabei plump und naiv, wie jemand, der über ein Kunstwerk spricht, das er nicht versteht. Es gehöre zu jedem neurotischen System, andere in die eigene Selbsttäuschung miteinzubeziehen, sie

sogar dafür zu benutzen, Leon hat sich gefragt, woher sie das so genau weiß. Ihr Vater ist ziemlich verrückt gewesen, sie hat ihm inzwischen einiges über ihn erzählt, was ihn erstaunt, ist das Vokabular, es klingt fremd, zusammengelesen, Janni besitzt keine psychologische Fachliteratur, er hat sich ihre Bücher angesehen, die in Stapeln rund um ihr Bett liegen.
Er versucht sich zu erinnern, was das für Bücher waren, während er neben ihr im Konzert sitzt, er hat die Karten besorgt, und jetzt hört er nicht zu, für ihn selbst ist das der größte Frevel. Da war Sartre gewesen, fast sein gesamtes Werk, Baudelaire, Rimbaud, dazwischen Irving und Paul Auster, überraschend zerlesene Reclamausgaben von Platons *Gastmahl* und *Elektra* von Sophokles und noch anderen griechischen Tragödien, ergibt das einen Sinn und warum fragt er sich das. Jan Garbarek schickt seine durchscheinenden Töne über die Köpfe des Publikums hinweg in einen imaginären Raum, Janni hat den Kopf an Leons Schulter gelegt und die Augen geschlossen, sie überlässt sich der Musik oder sie schläft. Leon hört auf ihren Atem, schließlich drückt er ihre Hand, um zu prüfen, ob sie wach ist, Janni schlägt die Augen auf und er hat das Gefühl, sie gestört zu haben, er schämt sich.
In der Pause steht er ewig am Buffet, um zwei Gläser Prosecco zu ergattern, als er endlich zurückkommt, will er anstoßen, aber Janni hat schon Prost gesagt und das halbe Glas hinuntergekippt wie Schnaps, sie ist wortkarg, sagt nur, die Musik

habe sie tief berührt, Leon fühlt sich nicht wie Leon. Sie sitzen an einem der kleinen, schwarzen Lacktischchen im ansonsten ganz in weiß gehaltenen Foyer mit dem viel zu hellen Licht, alle Leute sehen krank aus in diesem Licht, als litten sie an Anämie, ihre Haut wie Papier, der rote Lippenstift der Frauen brutal, gewalttätig. Leon hat das Gefühl, festzusitzen in dieser verordneten Trostlosigkeit, er sehnt sich wieder zurück in den Konzertsaal, trotzdem sitzen sie immer noch da, als die Glocke, die ihn immer an die Schule erinnert, bereits dreimal geläutet hat zum Zeichen, dass das Konzert fortgesetzt wird. Außer dem Buffetpersonal ist niemand mehr im Foyer, erst kurz, bevor die Saaltüren geschlossen werden, springen Leon und Janni auf, als hätten sie auf ein Kommando gewartet und rennen in den Saal, quetschen sich unter leise gemurmelten Entschuldigungen durch eine halbe Sitzreihe an Beinen und Handtaschen vorbei zu ihren Plätzen. Leon hasst Zuspätkommende in Konzerten.

Am nächsten Tag fährt Janni nach Salzburg. Leon besteht darauf, sie zum Bahnhof zu bringen, er muss sie wegfahren sehen, Janni reagiert genervt, vielleicht bildet er sich das auch nur ein. In den nächsten zwei Wochen kommt sie dreimal nach Wien, immer unangekündigt, Leon erschrickt jedes Mal, wenn das Telefon läutet. Sie ruft an und sagt: Ich bin da, er fragt sie, wann sie angekommen sei, sie sagt dann: vor zwei Stunden oder: heute morgen um neun, nachdem sie aufgelegt haben,

ruft Leon bei der Zugsauskunft an und schreibt sich die Ankunftszeiten aller Züge aus Salzburg auf. Solange Janni da ist, will er sie immerzu in den Armen halten, sie nicht loslassen, aber Janni hat Hunger, möchte ausgehen, also sitzen sie und essen und Janni erzählt. Der Choreograph sei ein Idiot, berühmt und bejubelt, aber hoffnungslos egomanisch, nichts und niemanden sähe er außer sich selbst, sie fühle sich wie eine Marionette. Es herrsche eine fürchterliche Stimmung bei den Proben, Salzburg erinnere sie an München, noch bürgerlicher, noch provinzieller, künstlich aufgemotzt, schrecklich.
Du könntest eine Verletzung vortäuschen, schlägt Leon vor, dem ihre Abwesenheiten ohnehin unerträglich sind, es müsse doch bei einer solchen Produktion eine zweite Besetzung geben. Janni sieht ihn verständnislos an, und er hat sofort das Bedürfnis, sich für seinen Vorschlag zu entschuldigen, er fürchtet, sie könnte ihn durchschauen, könnte bemerken, wie unsicher er ist, dass er sie für sich haben will, ängstlich, kindlich, ständig muss er sich vergewissern, dass es sie gibt, dass sie wahr ist, wie kann ein Mensch nicht wahr sein, denkt er gleichzeitig, das ist doch lächerlich. Janni weiß von all dem nichts, sie wollte nur ein wenig jammern, ein wenig bemitleidet werden, aber das tut Leon überhaupt nicht. Er drängt darauf, nach Hause zu gehen, er liebt sie die halbe Nacht wie ein Besessener, als wolle er sie ein für allemal in die Realität vögeln, doch am Morgen ist sie fort. Habe den Zug um sieben Uhr fünfunvierzig

genommen, steht auf der Notiz, die er auf ihrer Seite des Bettes findet, ruf mich an, wenn du Sehnsucht hast. Leon ist gerührt und beschämt, Janni schreibt sonst niemals solche Zettel, hat er so verzweifelt gewirkt und wieso ist er nicht aufgewacht, als sie ging. Er fühlt sich völlig erschöpft, lässt sich in die kleine Kuhle rollen, die ihr Körper auf dem Futon hinterlassen hat, er atmet ihren Geruch ein, ein Hauch von Vanille und Rauch und Wolle. Den Zettel hält er noch in der Hand, es ist merkwürdig still im Zimmer, der Himmel vor dem Fenster weiß ohne jede Struktur, ein paar Vögel zwitschern mühsam, es hallt nach wie in einer Kathedrale. Er möchte sie gleich anrufen, ihre Stimme hören, die Sehnsucht liegt auf ihm wie ein kalter Stein. Es ist halb zehn, sie muss kurz vor Linz sein, aber er hört keine Zuggeräusche, kein Klackern, Rauschen, Quietschen, keine Stimmen, gar keine Geräusche, er sagt: Du bist nicht im Zug. Sie lacht, nein, ich hab noch ein paar Sachen von zu Hause geholt und geduscht, aber jetzt bin ich auf dem Weg zum Bahnhof, ich bin schon fast da, hast du gut geschlafen? dann hört er eine Tür zuknallen, ein Schlüsselbund fällt scheppernd zu Boden, Janni sagt laut und deutlich Scheiße, Leon sagt, du bist noch zu Hause, Janni sagt noch einmal Scheiße und ja, ich sollte längst weg sein, mein Zug geht um zehn nach zehn und ich habe noch keine Fahrkarte, Leon ist inzwischen aufgestanden und hat auf seinem Plan nachgesehen, die Züge nach Salzburg fahren immer um fünf nach halb, im Stundentakt, er kann hören, dass Janni

inzwischen auf der Straße ist, sie schreit Taxi, wie im Film, und dann ins Telefon: Ich ruf dich an, wenn ich in Salzburg bin.
Leon steht im Wohnzimmer mit dem Telefon in der Hand und stiert auf seinen Plan. Früher hat er Zahlen gemocht, sie erschienen ihm zuverlässig, er war gut in Mathematik, eine exakte Wissenschaft, jetzt verschwimmen die Zahlen vor seinen Augen, verwandeln sich in eine wirre Ansammlung magischer Zeichen, die er nicht versteht, die ihm nichts sagen, nur noch mehr Fragen produzieren, drängende, unbeantwortbare Fragen, die ihm den Schädel sprengen. Er muss sich hinlegen und die Augen schließen, die Nachbilder der Zahlen vollführen einen hypnotischen Tanz auf seiner Netzhaut, er fällt in eine Art Trance. Lange liegt er so da, ohne sich zu bewegen, er schläft nicht, ist nicht wach, irgendwann beginnt er zu onanieren, mechanisch, teilnahmslos, hört nach kurzer Zeit wieder damit auf, ohne gekommen zu sein. Er liegt auf dem Sofa mit dem Blick zum Fenster, er stellt sich vor, wie es ist, Janni zu sein, hier zu liegen im Dunkeln und Leon zuzuschauen, wie er für sie spielt, die zögernden, langgezogenen Töne wie phosphoreszierende Fäden, die nach ihr tasten, eine Verbindung suchen, Lichtfunken, elektrische Ladungen, er wünscht sich plötzlich, sie möge für ihn tanzen, aber das tut sie nie. Selbst in den Vorstellungen, die er besucht hat, ist er ein Fremder gewesen, ein Zuschauer, nichts weiter. Einmal hat er mich mitgenommen, sie ist danach mit ihren Kollegen in ein Restaurant gegangen

und wir in ein anderes, aus Höflichkeit habe ich nicht gefragt, warum, er hat es akzeptiert, hat sie nie zu überreden versucht. Jetzt ärgert er sich zum ersten Mal über seine Zurückhaltung, von der er weiß, dass sie nicht nobel, nicht dezent oder sensibel gewesen ist, sondern feige und unehrlich, eine lange Gewohnheit. Seit drei Monaten besitzt er einen Schlüssel zu ihrer Wohnung, er hat ihn nicht ein einziges Mal benutzt. Abrupt setzt er sich auf, kämpft gegen das plötzliche Schwindelgefühl, er fährt sich mit beiden Händen übers Gesicht, wie um eine Lähmung abzustreifen. Das Licht hat sich seit dem Morgen kaum verändert, es ist diesig, milchig, es könnte zwölf sein oder drei oder vier.

Entschlossen steht Leon auf, geht ins Bad, er wäscht sich das Gesicht mit kaltem Wasser, putzt sich die Zähne, zieht sich an, sieht zwischendurch auf die Uhr, als hätte er einen Termin. Im Vorzimmer schaut er flüchtig in den Spiegel, überrascht stellt er fest, dass er aussieht wie immer, eigentlich hat er erwartet, sich nicht wiederzuerkennen. Er öffnet die Schublade, in der er den Schlüssel zu Jannis Wohnung aufbewahrt, zwischen Handschuhen, Schals und Mützen, kurz überfällt ihn eine heiße Angst, er könnte nicht mehr da sein, vielleicht hat sie ihn wieder mitgenommen, zur Strafe, weil er niemals unangemeldet bei ihr aufgetaucht ist, mit neunzehn Rosen und Champagner, sie nicht schon im Vorzimmer halb ausgezogen und auf dem Badewannenrand gevögelt hat, jetzt wäre ihm danach. Aber der Schlüssel ist da,

natürlich, Janni hätte nie gewollt, dass er unangemeldet kommt, es war ein Test, vielleicht.
Leon fährt mit dem Auto durch die Stadt zu ihrer Wohnung, überall ist es so still, als ob die dicken weißen Wolken alle Geräusche verschluckten, den Verkehrslärm und die Gespräche und den Lärm auf den Baustellen, alles scheint stillzustehen, Leon kann sich nicht vorstellen, dass es jemals Abend wird. Er parkt um die Ecke von Jannis Haus und bedauert, dass er von hier aus ihre Fenster nicht sehen kann, er wäre gerne noch eine Weile im Auto gesessen und hätte diese Fenster beobachtet, auf eine Bewegung gewartet, die es nicht geben würde. Er bleibt trotzdem sitzen, irgendetwas hält ihn zurück, ein Ziehen im Nacken, er könnte jetzt wieder nach Hause fahren, Miles Davis auflegen, den neuen Mankell fertiglesen, sich etwas zu essen machen, aber er hat keinen Hunger. Es ist ein verbotenes Gefühl, den Schlüssel ins Schloss zu stecken, er fühlt sich wie ein Dieb, er *ist* ein Dieb, denkt er und er verspürt eine Lust, die er nicht kennt, sie ist nicht schön, diese Lust, er genießt sie nicht.
Im dunklen Flur stolpert er über etwas Weiches, er macht Licht und sieht, dass es eine Reisetasche ist, schwarz, mit Rollen auf einer Seite und einem Griff zum Ziehen auf der anderen. Er kennt diese Tasche, er hat sie mehrmals für Janni quer durch den Bahnhof und über den Bahnsteig gezogen. Die Hälfte des Inhalts liegt über den Boden verstreut herum, hauptsächlich Kleidungsstücke, auch die Hose und die Bluse, die Janni

gestern Abend getragen hat, leere Hüllen. Leon geht zuerst ins Schlafzimmer, ein paar Minuten steht er herum und sieht sich um, die Hände an den Hüften, als wüsste er nicht, wo er anfangen soll, womit eigentlich. Dann sortiert er die Bücher. Er beginnt mit den alten Griechen, danach kommen die Existentialisten, die ältere europäische, dann die neuere amerikanische Literatur, alphabetische Ordnungen sind ihm immer zuwider gewesen. Er findet ein paar Bücher, die er sich nicht erinnert, beim letzten Mal gesehen zu haben, Eco, *Das Foucaultsche Pendel*, ein paar Krimis von einem ihm unbekannten niederländischen Autor und *Das geteilte Selbst* von R.D. Laing, also doch. Er stellt die Bücher der Wand entlang auf, in Reih und Glied, eine Formulierung, die ihm unfreiwillig in den Sinn kommt, als wolle er sie exekutieren, über diese Vorstellung muss er lachen. Die geordneten Bücherreihen beruhigen ihn, vielleicht sollte er noch mehr Ordnung machen, einfach aufräumen. Er fängt an, die herumliegenden Kleider nach Farben zu sortieren, geht ins Badezimmer, füllt die Waschmaschine, aus dem Augenwinkel sieht er ihr Schminktäschchen auf dem Waschbecken liegen, daneben Wimperntusche, Lippenstifte, Schminkpinsel, verschiedene Cremetuben, gebrauchte Wattepads, ihre Zahnbürste. Er räumt alles in den kleinen Spiegelschrank neben der Duschkabine, geht in die Küche, um die Wattepads wegzuwerfen, leert ein paar halbvolle Kaffeetassen aus und spült sie ab, geht wieder zurück ins Schlafzimmer, hebt ein paar Gegenstände auf und

legt sie resigniert wieder hin, weil er nicht weiß, wo sie hingehören, ob sie überhaupt irgendwo hingehören. Es scheint keine Schränke zu geben in dieser Wohnung, keine Regale, keine Schubladen, einmal hat er sie fragen wollen, wo sie ihre Sachen verstaut, dann hat er es doch nicht getan, es war ihm unhöflich vorgekommen. Es gibt einen kleinen Schreibtisch aus dunklem Holz, mit teilweise abgeblätterter Politur und einer einzigen, winzigen Lade. Die Tischplatte ist nicht zu sehen, begraben unter mehreren Schichten Papier, Briefe, Quittungen, hingekritzelte Notizen, davor ein wackeliger Stuhl, Leon lässt sich erschöpft auf ihm nieder. Er ist unglaublich müde, aber er kann jetzt nicht schlafen, nicht in diesem Bett, er hat vergessen, warum er hergekommen ist.
Draußen hat es zu dämmern begonnen, das trübe Licht wird schwächer, Leon macht die Lampe an, die auf dem Schreibtisch steht, der abgeschlagene Teil des Schirmes gibt den Blick auf die nackte Glühbirne frei, Leon hält sich geblendet eine Hand vor die Augen. Dann versucht er, den Schirm so zu drehen, dass die kaputte Seite nach hinten schaut, zur Wand, dabei fällt sein Blick auf ein Wort, geschrieben in artiger Schulschrift, rechts oben auf einem Briefbogen, der zur Hälfte unter ein paar Zeitungsausschnitten liegt. Er zieht ihn hervor – ein unbedingter Reflex – und liest: St. Cloud, am 23. September 2003, er liest es laut, erschrickt vor seiner eigenen Stimme in der zähen, stummen Verlassenheit von Jannis Wohnung, tonlos liest er weiter, bewegt dabei die Lippen.

Meine liebe Jannika! Wie geht es dir, kleines Mädchen, ich hoffe, du bist gesund und kommst zurecht. Bist du noch immer so dünn, ich mache mir Sorgen deswegen, letztes Mal, als du da warst, konnte man fast durch dich hindurchsehen. Bei uns gibt es nicht viel Neues, dein Vater hätte letzten Monat befördert werden sollen, aber es wurde nichts daraus, er ist zu oft krank, seine Leber macht ihm zu schaffen. Ich koche für ihn Diät, wie Dr. White es verordnet hat, aber du weißt ja, wie er ist, er hält nichts davon und außer Haus, wenn ich es nicht sehen kann, isst er, was er immer am liebsten gegessen hat: Viel Fleisch, fettige Pommes und natürlich trinkt er nach wie vor …

Leon fühlt sich, als wäre er sehr krank, als könne er sich nicht aufrecht halten, sein Magen stülpt sich nach außen, der Gedanke an Fleisch und Pommes bereitet ihm Übelkeit.

Hier ist es so kalt, dass wir abends schon heizen müssen und morgens sieht man den Atem, wenn man hinausgeht. Wann kommst du uns besuchen? Margie ist wieder schwanger, das bedeutet, im Jänner wirst du zum vierten Mal Tante, wenn du also an Weihnachten kommst, könntest du gleich bis zur Taufe bleiben, das wäre wunderbar! Ich würde so gerne wieder einmal nach Deutschland reisen, oder wenigstens nach Wien, aber ich fürchte, dafür wird das Geld nicht reichen, außerdem will dein Vater nichts davon wissen. Ich schreibe noch immer jeden Tag ein paar Zeilen in mein Tagebuch und lese die deutsche Zeitung, die du für mich abonniert hast, damit ich die Sprache nicht verlerne. So, jetzt muss ich Schluss machen, pass auf dich auf, und schreib mir, wann du kommst, telefonieren ist so teuer. Es umarmt dich, deine Mutter

Leon legt den Brief zurück, sorgfältig schiebt er ihn wieder unter die Zeitungsausschnitte, als hätte er ihn nie gelesen, er wünscht sich heftig, ihn nicht gelesen zu haben. Er ist peinlich berührt, als hätte ihm jemand, den er gar nicht kennt, etwas sehr Privates erzählt, etwas, das ihn nichts angeht. Im Zimmer ist es inzwischen vollkommen dunkel, bis auf den unförmigen Lichtfleck, den der kaputte Lampenschirm auf den Papierberg wirft, Leon verspürt den Drang, ihn mit einer einzigen Bewegung seines Armes vom Tisch zu fegen, er will die Tischplatte sehen, leer und jungfräulich, vielleicht selbst einen Brief schreiben, an Janni, an ihre Mutter. Er muss an Janni denken, wie sie auf der Straße steht und Taxi schreit, während sie mit ihm telefoniert, mit der freien Hand in der Luft herumfuchtelt. Er hat das Gefühl, etwas Dramatisches tun zu müssen, sich ins Auto setzen und nach Salzburg fahren, jetzt sofort, sie sollte längst dort sein. Leon tastet nach seinem Handy, er will wissen, wie spät es ist, aber es ist nicht da, nicht in der Jacke und nicht in der Hosentasche. Panik macht sich in ihm breit, ein Kribbeln, das vom Brustraum ausgeht und sich rasch im ganzen Körper ausbreitet, schneller, als er sich bewegen kann. Er springt auf und macht den hässlichen Deckenfluter an, läuft in der ganzen Wohnung herum und sucht, auch im Wohnzimmer, wo er gar nicht war. Er stürzt die Treppe hinunter und zum Auto, um nachzusehen, als er wieder oben ist, ruft er von Jannis Telefon aus an, er hört ihre helle, melodiöse Stimme, die immer klingt, als würde sie lächeln, amüsiert, leicht spöttisch vielleicht, bitte sprechen sie jetzt. Leon legt auf, wählt erneut, wartet, bitte legen sie nicht auf, ein nochmaliger Anruf wird neu gereiht, Bachs erstes Präludium auf einem billigen Synthesizer, endlich eine schnarrende, gelangweilte Stimme, er schreibt die Nummer des Hotels auf den Handrücken. Um sie eintippen zu können, muss er die Hand mehrmals drehen, er ist außerstande, sich mehr als drei Ziffern zu merken. Er fühlt sich fiebrig, trommelt mit den Fingern an den Türstock, während es läutet, dann meldet sich die Dame an der Rezeption, höflich, beflissen. Eine Jannika Morton sei heute nicht hier abgestiegen, auch in den letzen zwei Wochen nicht, nein, ein Irrtum sei ausgeschlossen, sie habe auch im Zimmerverzeichnis des letzten Monats nachgesehen, sie bedaure, ihm nicht weiterhelfen zu können, aus irgendeinem Grund glaubt er ihr das. Er ruft nochmals bei der Auskunft an und lässt sich die Nummer des Theaters geben, in einer ruhigeren Ecke seines Bewusstseins kommen ihm Zweifel. Vorhin wollte er noch mit Janni sprechen, gleich, auf der Stelle, jetzt ist er nicht mehr sicher. Er schließt die Augen, hört auf das monotone Klingeln, er stellt sich ein graues, altmodisches Wählscheibentelefon vor, das allein auf einer riesigen Bühne steht und läutet und läutet ... es ist der Portier, der abhebt, Leon weiß einen Moment lang nicht mehr, wo er überhaupt angerufen hat, dann sagt er in möglichst seriösem Ton: Ich suche Jannika Morton, sie tanzt in der neuen Inszenierung von *Medea* an ihrem Theater, könnten sie mir sagen, wann die nächste Probe stattfindet? Er atmet tief ein und wieder aus, sein Puls beruhigt sich, er hat einen völlig normalen Satz zustande gebracht, alles wird gut. Er hat sich geirrt, der Name des Hotels, er hat in so vielen Hotels gewohnt, morgen wird er nach Salzburg fahren und sie von der Probe abholen, mit neunzehn Rosen und Champagner, der Portier sagt: Bei uns gibt es keine *Medea* diese Saison, wir haben nächste Woche Premiere, Tschechow, *Die drei Schwestern*, das ist aber nicht mit Tanz, Leon sagt danke, vielen Dank, im selben Moment entsteht eine Bewegung hinter ihm, er dreht sich um und sieht Janni, die im Vorzimmer steht und ihn anstarrt. Er hat noch das Telefon in der Hand, Janni hat die Tür nicht zugemacht, den Schlüssel nicht abgezogen, die Temperatur scheint sehr schnell zu sinken, Leon hat Janni noch nie so entsetzt gesehen, ein Ausdruck, für immer eingefroren auf ihrem Gesicht. Warum spricht sie nicht, denkt Leon, warum spricht sie jetzt nicht, warum erzählt sie mir nicht irgendwas, ihr Schweigen ist ihm unerträglich. Er macht zwei Schritte auf sie zu, fragt: Wo warst du, er geht weiter, bis er direkt vor ihr steht, fasst sie an den Schultern und schüttelt sie, fragt nochmals, sie sagt: Ich war am Bahnhof, aber dann hat mir so gegraust und ich bin ins Kaffeehaus gegangen, sie sagt: Ich habe beschlossen, die Sache sausen zu lassen, ich habe schon in Salzburg angerufen und abgesagt, sie macht eine kleine Pause, in der sie mit der Schuhspitze die Fransen des Teppichs hin- und herschiebt, sie wirft Leon einen schnellen Blick zu, sie sagt: Ich war den ganzen Nachmittag bei einer Freundin, und dann: Im Grunde geht es dich nichts an. Sie sieht ihm direkt in die Augen, während sie das sagt, nicht provokant, nicht abweisend, sondern ausdruckslos. Leon kann nichts sehen außer den zwei Pupillen mit der hellbraunen Iris rundherum, den dichten, schwarzen Wimpern und penibel gezupften Brauen, es macht ihn wahnsinnig, dazustehen und sie anzuschauen und nichts zu sehen, er schüttelt sie noch einmal: Wo warst du letzte Woche, vorletzte Woche, ich will die Wahrheit wissen, die Wahrheit, verstehst du?

Die Wahrheit, sagt Janni langsam, ist vertikal.

Komm mir nicht mit diesem pseudophilosophischen Dreck! schreit Leon sie an, Janni hat ihn noch nie schreien gehört, seine Stimme klingt merkwürdig rau, ungeübt in dieser Lautstärke.

Sie weiß, dass dies das Ende ist, aber sie weiß nicht, wovon.

Wie eine Wand, sagt sie, Leon fragt: Was? sie sagt: Die Wahrheit, sie ist wie eine Wand, sie geht einen Schritt zur Seite und schlägt mit der flachen Hand ein paar Mal gegen die Mauer, eine Wand zwischen mir und dem, was möglich ist.

Sie dreht den Kopf zu ihm und lächelt, es ist kein frohes Lächeln, vielleicht eine Entschuldigung. Dann wendet sie sich ab und geht hinaus, leise und vorsichtig schließt sie die Tür hinter sich und zieht den Schlüssel ab. Leon versucht nicht, sie zurückzuhalten, bewegungslos steht er da und schaut ungläubig auf die Tür, hinter der sie verschwunden ist. Eine hellblaue Klarheit ist in seinem Kopf, eine plötzliche Nüchternheit, er weiß, was zu tun ist. Er geht zurück ins Schlafzimmer, nimmt den Brief von Jannis Mutter vom Schreibtisch, reißt ein Stück davon ab, notiert auf der Rückseite den Namen und die Telefonnummer des Hotels und des Theaters, den Brief legt er auf Jannis Kopfpolster, den Zettel mit den Nummern zum Telefon. Er wird etwas essen gehen, ein gutes Glas Wein trinken. Den Wohnungsschlüssel wird er durch den Briefschlitz werfen, nachdem er zugesperrt hat, er ist schon an der Tür, als ihm etwas einfällt. Noch einmal geht er zum Schreibtisch und macht die Lampe an, er schiebt den ganzen Papierwust, der an den Rändern über die Tischplatte hängt, ein Stück nach hinten und tastet nach der kleinen Lade. Sie hat einen schönen, alten Messinggriff, man müsste ihn putzen, damit er wieder glänzt. Leon streicht mit der Hand über den Griff, dann zieht er daran, die Lade öffnet sich mit einem Ruck. Sie ist leer.

Leon hat mir diese Geschichte letzten Winter erzählt, in einer Schneenacht, wir saßen an meinem Küchentisch und tranken Rotwein, viel Rotwein. Es schneite und stürmte so heftig, dass man nichts sehen konnte, wenn man aus dem Fenster schaute, nichts außer dem Schnee, und Leon sagte, da hinauszuschauen erinnere ihn an Janni. Später fragte er mich, ob die Wahrheit für mich wichtig sei, ich sagte: Nur, wenn ich sie sehen kann, und Leon ging zum Fenster, öffnete es und holte einen Klumpen Schnee vom Fensterbrett. Er formte einen festen Schneeball daraus und tat so, als würde er mich beschießen, ich holte noch mehr Schnee, wir liefen in der Küche herum und kreischten und lachten, wir waren schon ziemlich betrunken. Als wir uns wieder setzten, uns ein letztes Glas Wein einschenkten, legte Leon einen Schneeball zwischen uns auf den Tisch und wir sahen zu, wie er langsam schmolz, kleiner und kleiner wurde, bis nur noch eine Wasserlache übrig war, die sich immer mehr ausbreitete, zerfloss, kleine Bäche bildete, irgendwann stand ich auf, holte ein Tuch und wischte sie weg.

Der Gesang der Räder in den Schienen

Den Sommer nach dem Tod meines Vaters verbrachte ich in einem kleinen Zimmer im zweiten Stock eines Hauses, das im Herbst abgerissen werden sollte. Die Bahn führte direkt daran vorbei und mindestens alle halben Stunden brachte ein Zug die verbliebenen Fensterscheiben zum Klirren, keiner wollte dort noch wohnen, mir retteten diese Züge das Leben. Nach dem Begräbnis, bei dem meine Mutter eine versteinerte, unbewegliche Miene zur Schau gestellt hatte, um sich beim Leichenschmaus darüber zu beschweren, wie herzlos ich und meine Geschwister doch wären und dass wir sie nicht ausreichend getröstet hätten, fuhr ich direkt zum Bahnhof und kaufte eine Fahrkarte nach Berlin, Bahnhof Zoologischer Garten, einfache Fahrt. Vom Zug aus rief ich meine Schwester an, damit sich niemand Sorgen machte, sie wurde hysterisch und begann mich anzuschreien: Du kannst uns doch jetzt nicht einfach so im Stich lassen, bist du wahnsinnig? Noch nicht, sagte ich, deshalb fahre ich ja. Noch nicht, schnaubte sie, und du glaubst, du kannst davor weglaufen? Nach Berlin? Glaubst du, in Berlin ist es besser? Nein, antwortete ich, kannst du bitte hin und wieder meine Post ausheben? Einen Scheiß werde ich ausheben! brüllte meine Schwester und begann zu weinen. Danke, sagte ich und legte auf. Ich setzte mich ans Fenster, gegen die Fahrtrichtung, und sah zu, wie die letzten Häuser der Stadt kleiner wurden und verschwanden; die Stadt, in der mein Vater mir beigebracht hatte, Papierflieger zu bauen, auf zwei Fingern zu pfeifen und mein Inneres vor anderen Menschen zu verschließen; die Stadt, in der er zum Alkoholiker wurde und mich enterbte, in der meine Mutter das Zimmer meines Vaters in ein Museum verwandeln würde oder in ein Mausoleum, und meine Schwester weitermachen würde wie immer: Indem sie sich von meiner Mutter beschimpfen ließ, um ihre Schuldgefühle zu besänftigen.

Ich war noch nie in Berlin gewesen, ich kannte niemanden da, deshalb fuhr ich hin. Vor ein paar Monaten hatte ich in einer kleinen Galerie Bilder eines Berliner Fotografen gesehen, es waren Bilder von staubigen Straßen und gigantischen Baustellen unter einem dunstigen Himmel, ein menschenleerer Platz vor einem Glas- und Stahlpalast, abbröckelnde Fassaden heruntergekommener Mietskasernen im Morgenlicht und das Bild eines strahlend hell erleuchteten S-Bahnhofs vor dem Hintergrund einer bläulichen, unwirklichen Nacht, ich erinnerte mich an diese Bilder, als ich am Kartenschalter stand und sehnte mich dorthin. Das Abteil war leer bis auf einen alten Mann, der die ganze Zeit über schlief. Kurz vor Passau weckte ich ihn, weil ich Angst hatte, er sei tot, ich sagte ihm, ich hätte befürchtet, er verpasse seine Station. Er reagierte unwirsch und erklärte, er fahre bis nach Berlin.

Ich fiel in einen unruhigen Schlaf und träumte, mein Vater wäre auferstanden, doch es fehlten ihm Arme und Beine, sein Rumpf steckte in einem Nadelstreif-Sakko, das er niemals getragen hätte, auf seinem Kopf saß eine Melone. Er bewegte sich durch die Wohnung meiner Eltern, als wäre er ferngesteuert, ein ruheloser Roboter ohne Auftrag, an den Wänden prallte er ab, drehte sich ein paar Mal um sich selbst und änderte dann seine Richtung, ein Spielzeugauto, das sich, sobald es auf ein Hindernis stößt, überschlägt und einfach weiterfährt. Mein Bruder und ich spielten Frisbee im Vorzimmer, mein Vater kam uns in die Quere und der Frisbee flog durch ihn hindurch, trennte den Kopf fein säuberlich vom Rumpf, der Kopf fiel mit einem schrecklichen, scheppernden Geräusch zu Boden. Ich schreckte hoch. Der Zug stand still und der Koffer des alten Mannes lag zu meinen Füßen. Der alte Mann schlief noch immer wie ein Stein, also hob ich den Koffer auf und verstaute ihn wieder in der Gepäckablage über seinem Kopf. Ich ging hinaus auf den Gang und rauchte drei Zigaretten hintereinander.

Als ich am Bahnhof Zoo ausstieg, war es neun Uhr vormittags, hell und heiß. Ich ging ein Stück den Kurfürstendamm hinunter, kaufte mir bei Burger King einen Kaffee und zwei Hamburger und setzte mich auf eine Bank. Die Menge von Menschen, die sich die Straße entlang schob, machte mich ein wenig nervös, aber die Tatsache, dass sie mir alle gleich fremd waren, beruhigte mich wieder.

Ein Punk kam auf mich zu und schnorrte mich um eine Zigarette an. Ich gab ihm zwei, er fragte, ob ich was zu kiffen bräuchte, ich sagte nein, aber ein Zimmer zum Schlafen. Er ging zurück zu der Gruppe von Punks, die eine Bank weiter saßen; eigentlich saßen die Punks auf dem Boden und lehnten sich mit dem Rücken an die Bank, während sie auf der Bank selbst eine Decke ausgebreitet hatten, auf der zwei schwarze Hunde lagen und in der Sonne schliefen. Mein Punk rauchte eine meiner Zigaretten, die andere schenkte er seiner Freundin, dann kam er wieder und bedeutete mir, mitzukommen, wir gingen zurück zum Bahnhof, wo ich für uns beide einen Fahrschein kaufte, der Punk schüttelte den Kopf. Wir fuhren mit der S-Bahn, der Bahnhof, an dem wir ausstiegen, sah genauso aus wie auf dem Foto in der Galerie. Der Punk brachte mich zu dem Haus mit den kaputten Fenstern, es gab Einschusslöcher an der hinteren Hausmauer, der Punk sagte, sie wären noch aus dem Krieg, natürlich gab es auch die unvermeidlichen Graffitis.
Eine Weile kannst du hier bleiben, sagte er, in ein paar Monaten wird's abgerissen, keiner weiß genau, wann. Er musterte mich ein bisschen, als fiele ihm erst jetzt auf, dass ich *kein* Punk war. Haste was gegen Ratten? fragte er dann. Ich zuckte mit den Schultern. Solange sie nicht beißen, sagte ich. Der Punk lachte und hustete, ich sah, dass er sich einige Zähne schwarz angemalt hatte. Die beißen nicht, wenn du nicht beißt, sagte er und lachte wieder, dann ging er.

Das Haus war die meiste Zeit leer, es war Sommer und die Punks schliefen vielleicht unter freiem Himmel, manchmal kamen ein paar und gingen bald wieder, ich nahm an, dass sie den Ort als Haschischdepot benutzten, der süßliche Duft zog zuweilen durchs Haus. Auch die Ratten schienen dieses sinkende Schiff verlassen zu haben, mir war es recht, ich brauchte keine Gesellschaft. In einem der Zimmer fand ich eine alte Matratze, die noch nicht von Motten zerfressen war, ich zerrte sie in das Zimmer, das ich mir ausgesucht hatte; es war ungefähr zwölf Quadratmeter groß, der Putz bröckelte in großen Stücken von den Wänden, es gab ein abgeschlagenes Waschbecken, darüber die Hälfte eines Spiegels, der Boden fast schwarz, breite, wurmstichige Eichendielen. Andere Einrichtungsgegenstände gab es nicht. An einem Kabel, das in der Mitte des Zimmers aus der Decke kam, hing eine Fassung mit einer kahlen Glühbirne darin, aber der Strom war längst abgeschaltet worden. In einem Kaufhaus besorgte ich mir zwei weiße Leintücher, eine Decke und einen Polster samt Überzug, in dieser ersten Zeit schlief ich viel. Vor fünf Jahren, als der Alkohol begann, den Körper meines Vaters sichtbar zu zerstören, hatte ich zu trinken aufgehört, jetzt fing ich wieder damit an. Ich kaufte mehrere Flaschen teuren Rotwein und ein hauchdünnes Glas, setzte mich gegenüber dem einzigen Fenster auf den Boden, den Rücken an die Wand gelehnt und trank langsam und stetig, jeden Tag eine Flasche, manchmal zwei, nie mehr. Die Züge fuhren vorbei, das Haus vibrierte, die Sonne schien, es wurde heißer und heißer. Ich aß wenig, ging selten aus, ging niemals zweimal in dieselbe Kneipe, wechselte auch die Geschäfte, in denen ich einkaufte, ich wollte nicht anfangen, mich irgendwo zu Hause zu fühlen. Dennoch konnte ich nicht verhindern, dass mir mit der Zeit manches zu einer Art Heimat wurde: der leichte Geruch nach Urin und feuchtem Mauerwerk, bestimmte Flecken an der Wand über der Matratze, der Geschmack von Beaujolais, der Blick aus dem Fenster mit dem ewig blauen, von den Oberleitungen zerschnittenen Himmel, der Gesang der Räder in den Schienen. Sprich mit mir, sangen sie, sprich mit mir, sprich mit mir, aber niemand sprach.

Zum ersten Mal seit ich an Frauen dachte war ich nicht an Sex interessiert. Ich onanierte wie man sich die Zähne putzt oder sich rasiert, aus Gewohnheit, ich hätte es auch bleiben lassen können. Die Frauen interessierte das, sie redeten und schliefen mit mir, ich ließ es geschehen, sie erreichten mich nicht. Die meisten sah ich nur ein einziges Mal, meine Behausung schreckte sie ab und wahrscheinlich meine Schweigsamkeit. Anfangs waren sie froh, einen Zuhörer zu haben, einen, der sie nicht zuquasselte mit seinem kleinen, jämmerlichen Leben, aber dann wurde ihnen langweilig, sie gingen mit mir, sahen das Haus mit den kaputten Fenstern, sie hatten Sex mit mir und ich sprach immer noch nicht, das machte ihnen Angst und sie ergriffen die Flucht, am Morgen waren sie weg. Nur Silke blieb. Sie stand, als ich aufwachte, am offenen Fenster und rauchte, sie schien sich wohlzufühlen in dem halbverfallenen Haus, der Dreck machte ihr nichts aus. Sie schätzte guten Wein, sie sprach selbst nicht viel, und wenn, sprach sie nie direkt von sich, sie erzählte gerne die Geschichten anderer Leute und ich hörte ihr gerne zu. Am besten gefiel mir die vom polnischen Klavierlehrer ihrer Cousine, der immer ein Bild von Karol Wojtyla bei sich trug und es bei jeder seiner Schülerinnen, zu der er ins Haus kam, neben das Notenblatt stellte. *Du musst ihn zum Weinen bringen*, sagte er den Mädchen, *du musst so spielen, dass es ihn zu Tränen rührt.* Die Mädchen hatten keine Ahnung, warum sie den Papst zum Weinen bringen sollten, doch sie bemühten sich, denn sie mochten den Klavierlehrer, er war ein kleiner, feingliedriger Mann, immer freundlich und hoffnungslos verrückt. Für ihn spielten sie ihren Chopin so gut sie konnten und schielten ab und zu auf das Foto, vielleicht ereignete sich ja ein Wunder und schwarz-weiße Tränen kämen aus den Augen des Heiligen Vaters, liefen über die Tastatur auf den Boden und schwemmten alles hinweg, eine Flut von Tränen, vor der man sich in den Klavierkorpus retten müsste wie Noah in seine Arche, aber als sie geendet hatten, war es nur der kleine Klavierlehrer, der weinte, und niemand wusste, warum.

Ein einziges Mal erzählte sie von ihrer Wohnung, dass es da schrecklich aussehe, dass sie unfähig sei, Ordnung zu halten oder irgendeine Ordnung

herzustellen, die man hätte halten können, allein ihre Bettwäsche sei stets frisch und blütenrein. Von da an ging ich einmal pro Woche in den Waschsalon.
Silke machte keinen Versuch herauszufinden, was ich in Berlin tat oder warum ich hier war und dadurch bekam sie wohl einiges mit, was anderen entging. Sie lernte den Rhythmus der Züge auswendig und sagte sie vorher, sie fand heraus, dass die Punks ihr Haschisch im Siphon eines bestimmten Waschbeckens im dritten Stock verstauten, direkt über meinem Zimmer – sie dachte lange über das Geräusch nach, das der Siphon beim Aufschrauben machte, bevor sie darauf kam.
Natürlich wusste sie bald, dass ich keiner Arbeit nachging, und ich hatte das Gefühl, sie wusste noch mehr. Ein paar Mal weckte sie mich mitten in der Nacht und sagte mir, sie habe etwas gehört. Ich sagte schläfrig: Wahrscheinlich die Punks, und schlang einen Arm und ein Bein um ihren schlafwarmen, kompakten Körper, doch sie schüttelte den Kopf und legte einen Zeigefinger auf die Lippen, sie war hellwach. Unter dem kühlen Leintuch tastete sie nach meiner Hand und gemeinsam horchten wir in die Dunkelheit, das Haus machte alle möglichen Geräusche, aber ich wusste, dass Silke etwas anderes gehört hatte, sie lag da und hielt den Atem an, immer noch den Finger an den Lippen, und wartete. Irgendwann atmete sie aus und entspannte sich, drehte sich mit einem Seufzer zur Seite: Der Zug. ICE nach Hamburg, hörst du ihn? und ich hörte ihn, obwohl er noch

ziemlich weit weg war, er kam und riss alle anderen Geräusche mit sich fort.

Mein Vater war ein haltloser Mensch, das sagte meine Mutter über ihn, solange ich mich erinnern kann. Mein Vater sagte über meine Mutter, dass sie ihn geheiratet habe, damit sie immer einen Anlass hätte, sich zu beschweren: seine Unordnung, sein mangelnder Ehrgeiz, seine Art zu sprechen, zu essen, das Trinken. Er sagte, im Grunde mache es sie glücklich, ihm ein Vergehen nachweisen zu können, und an seinen guten Tagen meinte er, wenn das seine einzige Möglichkeit sei, sie glücklich zu machen, wolle er es gerne tun. An den schlechten Tagen sagte er ihr, sie solle sich zum Teufel scheren mit ihrer ewigen Nörgelei und dass er sich davon vergiftet fühle, ein schleichendes Gift, das ihn langsam aber sicher umbrächte. Meine Mutter beharrte, es wäre der Alkohol, der ihn vergiftete, ich hörte den gerechten Zorn in ihrer Stimme und ich glaube wirklich, meine Eltern blieben zusammen, weil mein Vater sich im Großen und Ganzen an seine Rolle hielt. Einmal trank er auf Drängen meiner Mutter fünf Monate lang nichts; es war die einzige Zeit, in der ich das Gefühl hatte, alles könnte auseinander brechen, es machte mir Angst. Beide erschienen mir haltloser, als mein Vater es je gewesen sein konnte, jeder für sich seinen Eigenheiten ausgeliefert, mit denen er nie gelernt hatte, alleine umzugehen.
Ich erinnere mich, dass ich sie damals besuchte, an einem Samstagabend, den mein Vater früher

meistens mit Freunden in einer Weinbar verbracht hatte, mein Vater saß im Wohnzimmer unter der Leselampe, rauchte und blätterte in einem Stapel alter Zeitschriften, ohne darin zu lesen, als wäre er beim Zahnarzt. Meine Mutter saß am Sofa und besserte Kleider aus, etwas, das sie sonst nie selbst tat, sie sahen fremd aus im bläulichen Licht des Fernsehers, der zu leise lief, um etwas zu verstehen. Als ich kam, machte meine Mutter ihn aus und kochte Tee, servierte ihn in dem Hutschenreiter-Service, das sie von ihrer Mutter zur Hochzeit bekommen hatte, sie stellte mir wohlwollende, interessierte Fragen, es war unangenehmer als all ihre Nörgelei. Mein Vater saß dabei und hielt sich an seiner Teetasse fest, hin und wieder räusperte er sich, als wollte er gleich etwas sagen, aber er tat es nicht. Ich konnte den Blick nicht von seinen Füßen wenden, er hatte die Innenseiten zusammengepresst und rieb sie unaufhörlich aneinander, wie eine Fliege, meine Mutter merkte es auch, sie versuchte nicht hinzusehen. Als ich ging, gab sie mir ein Stück trockenes Biskuit mit und eine Flasche Wein, die noch übrig war, besser, du nimmst sie mit, sagte meine Mutter, und ihre Mundwinkel gerieten kurz außer Kontrolle, hingen nach unten wie immer, bevor sie sie mit einer letzten Anstrengung wieder hinaufzog zum Abschiedslächeln. Zuhause warf ich das Biskuit weg und trank die Flasche Wein, während ich am Computer zwei Stunden lang Außerirdische erschoss.

Ich fing an, in den Nächten, die ich alleine verbrachte, wach zu bleiben, ich hatte genug geschlafen, mein Leben lang, wie mir schien. Ich saß da und trank und versuchte, die Stimme meines Vaters zu hören, ich dachte, wenn ich noch ein wenig mehr trank, würde ich sie besser hören können. Ich suchte den Nachhall in mir, den zornigen, belehrenden, arroganten, auch den sanften und resignierten Klang, der mir in allen Knochen steckte, aber meine Knochen verweigerten die Erinnerung und ich hörte nichts, egal, wie verzweifelt ich mich abmühte, egal, wie viel ich trank. Ohnehin war Erinnerung nicht, was ich wollte. Ich wollte, dass er kam. Ich wollte, dass er endlich kam und mir alles erklärte, mich und dieses Zimmer, dieses Haus, sich selbst, alles, was ich nicht verstand. Ich sehnte mich so sehr danach, die Sehnsucht machte mich schwer und müde, an manchen Tagen stand ich nicht mehr auf, ich lag auf meiner Matratze, starrte auf die Flecken an der Wand und schwitzte und die Züge fuhren vorbei. Sprich mit mir, sangen sie, sprich mit mir, sprich mit mir, aber niemand sprach.

Ich wurde wütend. Ging jeden Abend aus. Betrank mich bis zum Umfallen und warf in Kreuzberger Kneipen Gläser an die Wand. Ließ mich rauswerfen. Vögelte mit grimmiger Verbissenheit Frauen, die mir gleichgültig waren. Warf Silke raus, wenn sie kam, um mich zu besuchen. Kaufte mir eine Packung Ohropax, damit ich schlafen konnte, damit ich die Züge nicht hörte. Manchmal brüllte ich im Haus herum, wenn ich morgens heimkam, aber niemand war da, also ging ich raus und schrie die Züge an. Ich stand am Bahndamm in der unbarmherzig roten Morgensonne, den Kopf zugedröhnt von Bier und Wodka und schrie aus Leibeskräften, bis mir die Tränen kamen, die ich anders nicht zustande brachte, aber sie wollten nicht fließen, zogen sich sofort wieder zurück in die schützende Dunkelheit unter den Lidern, hinter den Augäpfeln.

Einmal, als ich von meiner Sauftour kam, saß Silke auf meinem Bett und wartete auf mich.
Was machst du hier, herrschte ich sie an und hatte ein schlechtes Gewissen, ich hätte ihr gerne ein Glas Rotwein gegeben, aber ich hatte keinen mehr, nur noch Wodka, Silke mochte keinen Wodka, ich eigentlich auch nicht.
Du brauchst einen Stuhl, sagte Silke mit einer verzweifelten Dringlichkeit, die ich nicht verstand. Sie sah zu mir hoch, sie hatte ihre Knie angezogen und hielt sie mit beiden Armen fest gegen den Körper gedrückt.
Ich brauche keinen Stuhl, sagte ich abweisend, Wozu? Ich stand direkt vor ihr, beide Hände an den Hüften, drohend, ohne es zu wollen, ich fürchtete mich vor mir selbst, fürchtete mich für sie.
Er braucht einen Stuhl, ihre Stimme klang noch verzweifelter, oder vielleicht ihr beide, sie ließ ihre Knie los und machte eine kleine, hilflose Geste, öffnete und schloss den Mund, auf der Suche nach einer Erklärung.

Bist du betrunken? fragte ich aggressiv, es war lächerlich, Silke war vollkommen nüchtern. Sie zuckte nur kurz zusammen unter meiner Unverschämtheit, dann stand sie auf und ging zum Fenster. Sie zündete sich eine Zigarette an.
Es war nur ein Traum. Da war ein Stuhl, hier in diesem Zimmer. Auf dem Stuhl saß einer. Sie drehte sich zu mir um, runzelte die Stirn. Er sah aus wie du, aber er war nicht du.
Ich spürte, wie mein Magen rebellierte, der Alkohol schwappte in ihm hin und her, die Säure brannte mir ein Loch in die Schleimhäute, die Säure und die Wut.
Du beschäftigst dich zuviel mit mir, sagte ich in Silkes Rücken hinein, geh jetzt.
Ich fühlte mich hohl. Silke sagte noch einmal: Es war nur ein Traum, dann drehte sie sich um und ging, ohne mich anzusehen. Als sie an mir vorbeiging, sah ich, dass sie weinte und wieder kochte die Wut in mir hoch, warum weint sie jetzt, dachte ich, sie hat kein Recht zu weinen, ich riss die Tür auf und schrie ihr nach: Was, verdammt noch mal, ist hier so traurig? so laut, dass es in den Wänden bröselte, doch sie kam nicht zurück.

Mein Vater hatte eine besondere Leidenschaft für Drachen gehabt, nicht für die Phantasietiere, die fliegen und Feuer spucken und für die ich mich als kleiner Bub begeisterte, sondern für diesen ganz realen Kindertraum, der in Form von Rhomben, Deltas oder nachempfundenen Tieren in luftiger Höhe an einer oder mehreren Leinen über einem

schwebte, zumindest, wenn einem der Wind hold war und man ein gewisses Geschick an den Tag legte, das mir leider völlig abging.
Zu meinem sechsten Geburtstag schenkte mir mein Vater einen eigenen Drachen, den ich mir nicht gewünscht hatte, er sah aus wie eine Kuh und hatte nur eine Leine. Am nächsten Wochenende nahm er mich mit auf die Wiese, die hinter unserem Haus lag und drückte mir die Rolle mit der Leine in die Hand. Es fiel mir schwer, die Leine abzurollen, weil der Wind so stark war und an dem Drachen zerrte, ich lief kopflos in die Richtung, in die er flog und merkte nicht, dass ich mich gefährlich den Bäumen näherte. Mein Vater rief etwas, aber ich verstand ihn nicht. Der Drachen verfing sich in einer Baumkrone, mein Vater schimpfte mit mir und kletterte hinauf, um ihn zu holen. Es war ein ziemlich hoher Baum mit nur wenigen Ästen, er zerkratzte sich die Beine und fluchte. Oben angekommen musste er feststellen, dass der Drache zerfetzt war. Er war unglaublich enttäuscht. Ich habe dir doch gesagt, du sollst wegbleiben von den Bäumen, sagte er wütend, aber du wolltest ja nicht hören.
Im Frühjahr und im Herbst verbrachte mein Vater viele Stunden auf der Wiese, ich konnte ihn vom Fenster meines Kinderzimmers aus sehen, wie er mit zerzausten Haaren da draußen herumlief, wie sich sein ganzer Körper beim Lenken des Drachen hin und her bog, sich in verschiedene Richtungen drehte, dazwischen für Momente ganz schief in der Landschaft hing, festgemacht an den Leinen

wie eine Marionette im Wind. Manchmal verlor er die Bodenhaftung und schwebte einige Zentimeter über der Grasnarbe dahin, seine Beine bewegten sich im Laufen weiter, obwohl er den Boden nicht mehr berührte. Ich saß auf dem Fensterbrett und beobachtete seinen seltsamen Tanz mit Besorgnis. Würde mein Vater eines Tages abheben und davonfliegen, weit hinauf in den Himmel? Aber es kam anders. Der Alkohol hielt ihn am Boden fest.

Am nächsten Tag ging ich in einen Altwarenladen und kaufte einen Stuhl. Es war ein schöner Stuhl, eigentlich hatte ich einen hässlichen kaufen wollen, aber aus irgendeinem Grund konnte ich das nicht. Statt dem Küchenstuhl aus gelblicher Holzimitation mit einer Sitzfläche aus Resopal nahm ich einen schlichten, schwarzen Thonet-Nachbau, für den ich zuviel bezahlte, und trug ihn in das Haus mit den kaputten Fenstern. Er wirkte seltsam in dem leeren Zimmer, als wäre er das einzig Lebendige in einer toten Umgebung, wie ein Kind auf einem Friedhof. Ich stellte ihn in die Ecke schräg gegenüber der Matratze, legte mich hin und schaute ihn an. Ich konnte spüren, wie er atmete, er machte mich ruhiger, weniger wütend, gleichzeitig kroch mir eine entsetzliche Kälte den Rücken hinauf, draußen war es heißer denn je, schwül und drückend. Ich nahm einen Schluck Wodka, um mich zu wärmen und überlegte, ob ich krank war, vielleicht hatte ich Fieber, ich sollte schlafen, dachte ich, schlafen, schlafen, schlafen, ich wartete auf den nächsten Zug, ich dachte noch, warum sollte er mit mir sprechen, jetzt, wo er tot war, wenn er es nicht getan hatte, als er noch lebte, dann überließ ich mich meiner Erschöpfung.

Als ich aufwachte, fühlte ich mich gesund und vollkommen nüchtern. Ich musste lange geschlafen haben, es war später Vormittag, die Sonne schien in steilem Winkel ins Zimmer. Ich stand auf, wusch und rasierte mich, fuhr zu dem Copyshop, wo sie, wie ich ein paar Tage zuvor im Fenster gelesen hatte, eine Aushilfe suchten und bewarb mich, mir war nach Arbeit, gleichförmiger, stumpfsinniger Arbeit. Es war ein typischer Studentenjob, anspruchslos und schlecht bezahlt, sie gaben mir den Job, obwohl ich kein Student war. Ich bekam das Geld bar auf die Hand und gab es aus, ich freundete mich mit einer blassen, kleinen Philologiestudentin an, die ich nach der Arbeit zum Essen einlud und ins Kino, am Wochenende fuhren wir an den Wannsee zum Baden. Sie hatte ein ziemlich großes Muttermal oberhalb des linken Auges und einen nervösen Tick, der darin bestand, ständig mit dem Zeigefinger die rötlich-blonden Augenbrauen glatt zu streichen. Ich ging mit ihr in ihr sauberes, aufgeräumtes WG-Zimmer, wo die Bücher und CDs nach dem Alphabet geordnet im Regal standen und wir in einem IKEA-Bett aus klar lackiertem Kiefernholz mit Blümchenbettwäsche ordentlichen, sauberen Sex hatten. Ich mied das Haus mit den kaputten Fenstern wann immer es ging, den Alkohol, die Züge, eigentlich mied ich den Stuhl. Wann immer ich in das Zimmer kam, stand er da und wartete auf mich. Er lebte und atmete und sah mich, ich fing an mir einzubilden, dass er mich beobachtete, während ich las oder schlief oder onanierte und dabei an Silke dachte. Wäre der Stuhl nicht gewesen, hätte ich mir vielleicht irgendwann einen richtigen Job gesucht und eine richtige Wohnung, hätte meine Philologiestudentin geheiratet und mit ihr Kinder bekommen, ein Traum bewahrte mich davor, Silkes Traum. Ich hätte den Stuhl auf den Sperrmüll bringen können oder in das saubere WG-Zimmer, wo ich meinen Hintern darauf plattgesessen hätte während des Sonntagsfrühstücks, bei noch warmen Brötchen und Milchkaffee, später hätte ich gesagt: ein altes Erbstück, das Einzige, was ich aus Wien mitgenommen habe, eine dieser Geschichten, die man so lange erzählt, bis sie wahr sind. Ich hätte ihn auch wieder in den Altwarenladen bringen und wahrscheinlich sogar mein Geld zurückbekommen können, ich glaube es war der Tag, an dem mir die Studentin ein Album mit Fotos ihrer Familie zeigte, als ich beschloss, das nicht zu tun. Am Abend saß ich in meinem kahlen Zimmer am Boden und erinnerte mich nicht an ein einziges Gesicht aus dem Album. Es war Mitte August, immer noch heiß, es hatte seit 9 Wochen nicht geregnet, der Staub verstopfte einem die Poren; doch etwas hatte sich in den letzten Tagen verändert, das Licht war weniger grell, die Konturen klarer, die Schatten deutlicher. Lange saß ich da und sah zu, wie das Himmelsrechteck im

Fensterrahmen dunkler wurde, ein immer tieferes und noch tieferes Blau annahm, das den schäbigen Rahmen zum Leuchten brachte, ab und zu rauchte ich eine Zigarette, ich trank nicht, zündete keine Kerze an. Ich merkte nicht gleich, dass er da war, er machte kein Geräusch und ich hatte mich so lange nicht bewegt, dass ich nicht sicher war, ob ich wach war oder schlief, der Mann auf dem Stuhl nur ein Traum. Er schien ohne Gewicht zu sein, als wäre alles Schwere von ihm abgefallen, er saß da mit überschlagenen Beinen, die Hände auf den Knien, wie ich es von ihm kannte, ich konnte ihn genau sehen, wie auf einer sehr detailgetreuen Malerei. Er sah mich nicht an, sah aus dem Fenster, unbeweglich, ich wagte nicht ihn anzusprechen, als wäre er ein Schlafwandler. Ein Flugzeug kreuzte blinkend die Oberleitungen vor dem Fenster, ich wusste, dass ich nicht schlief, ich hielt still und spürte, wie alles nach und nach aus mir herausrann: die Wut und die Sehnsucht, der Rausch, die Lust, Hitze und Kälte und Worte, ein stetiger Strom, es würde lange dauern. Die ganze Nacht saßen wir in der Dunkelheit, gegen Morgen hörte ich etwas draußen auf dem Gang, vielleicht eine Ratte, ich schreckte hoch, mein Vater verschwand.

Ich fuhr in den Copyshop und versuchte zu arbeiten, nach zwei Stunden schlief ich im Stehen ein, ich entschuldigte mich und fuhr wieder nach Hause. Ich war todmüde, konnte aber nicht schlafen. Ich lag im Bett mit geschlossenen Augen, das

Bild meines Vaters auf der Netzhaut eingebrannt von der sengenden Sonne, ich schwitzte und die Züge fuhren vorbei. Komm zurück, ratterten sie, komm zurück, aber niemand kam. Silke nicht, weil ich sie hinausgeworfen hatte, die Studentin nicht, weil sie nicht einmal wusste, wo ich wohnte, mein Vater kam nicht, weil er tot war. Ich bemitleidete mich und ging mir damit auf die Nerven. Am Abend war ich soweit, zurück zu fahren nach Wien, ich wusste nicht, warum ich überhaupt hier war, was ich gewollt hatte; ich dachte daran, wie befriedigend es wäre, mit einem Benzinkanister bedächtig durch all die Zimmer zu wandern, meine Sachen zu packen, auf dem Bahndamm zu stehen mit der Tasche in der einen Hand und einer Handgranate in der anderen, sie genau in mein Fenster zu werfen und es brennen zu sehen, das Haus mit den kaputten Fenstern, mitsamt dem Stuhl und den leeren Flaschen und dem Haschisch darin.

Ich begriff nicht, dass ich mich im freien Fall befand.

Am Nachmittag kam mein Punk, ich hatte ihn seit meinem ersten Tag in Berlin nicht mehr gesehen. Ich hörte, wie jemand über mir den Siphon auf- und wieder zuschraubte, dann stapfte er in seinen schweren Stiefeln die Treppe herunter, ich dachte an seine Schweißfüße. Vor meiner Tür blieb er kurz stehen, dann drückte er sie auf und schaute herein.
Ach was, sagte er, immer noch hier?

Sieht so aus.
Der Punk sah sich im Zimmer um. Schicken Stuhl haste da, er grinste, ging hin und setzte sich, ich sprang auf, hechtete auf ihn zu und riss ihn vom Stuhl, wir landeten auf dem Boden und kugelten übereinander. Hey, was´n los? schrie der Punk, rollte von mir weg und stand auf. Du hast sie ja nich mehr alle.
´tschuldige, sagte ich und stand auch auf, die Situation war so grotesk, ich wusste nicht, was ich sonst sagen sollte.
Der Stuhl, versuchte ich zu erklären, es ist kein Stuhl zum Sitzen. Kein Stuhl zum Sitzen, was? Der Punk schüttelte den Kopf, während er rückwärts zur Tür ging. Ich hab gleich gewusst, mit dir stimmt was nich.
Komischerweise störte es mich plötzlich, dass er mich für verrückt hielt, deshalb sagte ich: Mein Vater ist gestorben, vor drei Monaten. Der Punk nahm die Hand von der Klinke, lehnte sich gegen die Tür und sah mich ein paar Minuten an, als wollte er herausfinden, ob die Geschichte stimmte. Scheiße, Mann, sagte er dann, das ist verdammt traurig, Mann, verdammt traurig ist das. Er nickte ein paar Mal und sah sich noch einmal im Zimmer um, sein Blick blieb auf meiner Flaschenbatterie hängen. Lass bloß die Sauferei, sagte er. Der Alkohol macht dich kaputt. Er drehte sich um, warf noch einen kurzen Blick über die Schulter auf den Stuhl und ging. Ich ließ mich zurück auf die Matratze fallen und fiel kurz danach in einen tiefen, traumlosen Schlaf.

Als ich aufwachte, war der Himmel bewölkt, ein heißer Wind wehte ums Haus und wirbelte den Staub auf, ich wusste nicht, ob es Morgen war oder Nachmittag, ich hörte, wie überall im Haus die leeren Fensterflügel gegen die Rahmen schlugen. Wenn es regnete, würde es hereinregnen, ich dachte an die Sintflut aus Karol Wojtilas Tränen, ich überlegte, ob dieses Haus meine Arche war oder vielleicht ein Zug. Ich lauschte dem rasch näher kommenden Donner, dem Klang der einstürzenden Welt, irgendwann stand Silke vor der Tür, sie hatte unter jedem Arm eine Flasche Beaujolais und lächelte nicht, ich war ihr dankbar dafür. Sie zündete zwei Kerzen an, die der Wind sofort wieder ausblies, schenkte uns ein und trank ohne abzuwarten. Es wurde kühl, wir zogen uns aus und legten uns unter die Decke, ich sagte: Ich habe Angst, sie sagte: Ich weiß, und hielt mich fest. Der Regen kam und mit ihm die Punks, sie lärmten im Haus herum und lachten, es roch nach Haschisch und die Blitze erleuchteten das Zimmer, Silkes flächiges, ruhiges Gesicht und den Stuhl. Es war dunkel, als das Gewitter nachließ und Silke mit mir schlief, sie war wie ein Berg oder ein Fluss, eine Sintflut oder eine Arche. Danach ließ sie ihre Hand auf meinem Schwanz liegen, ich fühlte mich beschützt, der Regen trommelte auf das Dach, tropfte von der undichten Dachrinne auf die darunterliegenden Fenstersimse. Spät in der Nacht wachte ich durch eine plötzliche Bewegung auf, Silke kniete neben mir und beugte sich über mich, ihr dickes Haar fiel ihr ins Gesicht.

Er ist da, flüsterte sie, dann raffte sie hastig ihre Kleider zusammen und verließ auf Zehenspitzen das Zimmer. Ich wollte ihr etwas nachrufen, aber in diesem Moment spürte ich seine Anwesenheit und kein Ton kam aus meinem Mund.
Er saß da wie schon beim ersten Mal, Beine übereinander geschlagen, Hände auf dem Knie, er trug seinen schmuddeligen Lieblingsanzug, der an ihm gar nicht aussah wie ein Anzug, eher wie ein Fell oder die faltige Haut eines Reptils, etwas, in dem er geboren worden war. Er sah zum Fenster hinaus, oder er sah jedenfalls in diese Richtung, sein Blick war auf nichts Bestimmtes gerichtet, doch schien er etwas zu sehen, das weit entfernt war, zu weit entfernt für mich. Ein Zug fuhr vorbei, schau mich an, sang er, schau mich an, ich versuchte ihm nachzusprechen, aber es gelang nicht. Mein Mund war trocken, ich hatte kein Wasser mehr, die Zunge klebte mir am Gaumen, in meinem Hals saß ein Reptil. Ich dachte daran, mit einer leeren Flasche Regenwasser aus der Dachrinne aufzufangen, aber dazu hätte ich das Zimmer verlassen müssen, ich traute mich noch nicht einmal, mich zu bewegen, mein linker Arm war eingeschlafen, weil ich auf ihm lag, das war ja lächerlich. Mit einem Ruck setzte ich mich auf. Ich sah zu den Flaschen hinüber und überlegte, welche die größte Öffnung hatte, dann dachte ich an den Punk. Lass die Sauferei, hatte er gesagt, der Alkohol macht dich kaputt, hatte er gesagt, aber das war es nicht, was hatte er noch gesagt? Ich spürte, wie das Reptil in meinem Hals sich bewegte, ich musste den Mund

aufmachen, um nicht daran zu ersticken, heraus kam ein Laut, wie ich ihn noch nie gehört hatte, er brachte die verbliebenen Fensterscheiben zum Klirren und meine Eingeweide stülpten sich nach außen. Ich stürzte zum Fenster und erbrach mich in die Finsternis und dann weinte ich eine Stunde lang, ich hing über dem Fensterbrett und spürte den Blick meines Vaters im Rücken, er sah durch mich hindurch und in die Ferne, ich wollte gerne dort sein, es wäre leicht gewesen. Ein Zug fuhr vorbei, bring mich zu Bett, sang er, schimpf mit mir, mach dich lustig über mich, lüg mich an, hol mir die Sterne vom Himmel, warum kannst du das nicht? Und dann hörte ich die Stimme meines Vaters, er machte den Rhythmus wie eine human beat box, komm mit mir, komm mit mir, komm mit mir, komm mit mir, komm mit mir …

Ich drehte mich um. Da war niemand, nur ein leerer Stuhl, sonst nichts. Ich ging hin und setzte mich. So wie der Stuhl stand, konnte man gar nicht anders, als aus dem Fenster sehen. Die Aussicht war nicht besonders, man sah nicht viel außer dem Bahndamm und den Schienen und ein paar uninteressanten Häusern auf der anderen Seite, vom Himmel sah man weniger als vom Boden aus, für meinen Vater war es genug gewesen. Ich schlug die Beine übereinander und legte die Hände auf mein Knie, ich blieb so sitzen bis es hell wurde. Es war ein lichtblauer Morgen, als hätte man den Sommerhimmel ausgewaschen, die Sonne kam tiefgelb über den Bahndamm und warf lange, scharfe Schatten. Ein kühler Wind wehte herein, ich dachte an den Herbst, an den Geruch von Schulbeginn und Drachensteigen. Ich hörte Lärm von draußen und ging zum Fenster, vor dem Haus standen Männer in Bauhelmen neben einem riesigen Schaufelbagger und gestikulierten. Rasch ging ich unter dem Fenster in Deckung, ich wollte nicht, dass sie mich sahen, wollte mit niemandem sprechen. Ich überlegte, wie es sein musste, wenn ein Haus über einem zusammenbrach, stürzte zuerst die Decke ein und dann erst die Wände oder umgekehrt, hatte man Zeit für Angst? Mein Großvater war im Krieg aus einem einstürzenden Haus geflohen, seine Erzählung verfolgte mich immer noch, die Eindringlichkeit seiner Worte und seine heisere, krächzende Stimme, doch ich konnte keine Bilder dazu finden, hatte keine Vorstellung davon.

Ich ließ alles zurück, die saubere Bettwäsche, die Kerzen, die Sandalen und Unterhosen und T-Shirts, die ich mir in Berlin gekauft hatte, das Rasierzeug, die Flaschen. Auch den Stuhl. Bevor ich ging, schrieb ich einen Zettel und legte ihn darauf. Danke, stand auf dem Zettel, und darunter: Es ist nur ein Stuhl.

Im Zug aß ich ausgiebig und schlief danach sofort ein. Ich träumte von einer großen Wiese, die von hohen Bäumen umgeben war, mein Vater stand am Rande der Wiese und ließ einen Drachen steigen, meinen alten Kinderdrachen, der aussah wie eine Kuh. Ich stand auf der anderen Seite der Wiese und rief meinem Vater zu, er solle in die Mitte der Wiese gehen, weg von den Bäumen, doch der Wind kam aus der falschen Richtung und er verstand mich nicht. Ich sah, wie der Drache höher und höher stieg und sich schließlich in der Krone einer etwa fünfzehn Meter hohen Buche verfing. Ich lief über die Wiese zu meinem Vater, er stand da mit der Rolle in der Hand und starrte fassungslos hinauf in die Baumkrone, auf seinem Gesicht noch der Ausdruck von Glückseligkeit und Euphorie, er konnte nicht glauben, was passiert war. Ich schüttelte ihn. Langsam löste er seinen Blick von dem verhedderten Drachen und sah mich an. Kannst du ihn nicht herunterholen, für mich? Bitte. Er fasste mich an der Schulter und ich spürte, wie eine entsetzliche Kälte aus seiner Hand in meinen Arm floss. Nein, sagte ich, nein, das kann ich nicht, ich schüttelte seine Hand ab und zeigte hinauf zum Drachen. Der Baum ist zu hoch. In diesem Moment kam ein starker Windstoß, der Drachen löste sich plötzlich aus dem Geäst und flog in den Himmel hinauf, mein Vater neben mir ließ einen Freudenschrei hören, aber ich sah sofort, dass die Leine gerissen war, dass die Rolle nutzlos in seiner Hand lag, nur noch verbunden mit einem Ast. Ich stand da und beobachtete, wie der Drachen sich rasch von uns entfernte, immer kleiner wurde, bis nur noch ein winziger Punkt zu sehen war und dann nichts mehr, nur der blaue, wolkenlose Himmel.

Ich schlief weiter und hatte noch andere Träume, an die ich mich nicht mehr erinnere. Erst irgendwo in Bayern wurde ich wach, es war bewölkt und regnete leicht, mir war kalt, ich zog mir den einzigen Pullover an, mit dem ich aus Wien aufgebrochen war. Die grünen Hügel mit den Kühen darauf kamen mir absurd vor. Ich rauchte eine Zigarette und horchte auf den Gesang der Räder in den Schienen, sie sangen die Bundeshymne. Ich dachte an das Haus mit den kaputten Fenstern und an den Schaufelbagger und dann dachte ich an Silke. Sie würde wiederkommen, heute, vielleicht morgen. Sie würde sofort wissen, dass ich weg war, auch wenn alles aussah wie immer. Sie würde den Zettel sehen, sich vor dem Stuhl auf den Boden knien, die Arme aufstützen beim Lesen, lange so verharren. Heute stelle ich mir gerne vor, dass sie den Zettel verbrannt, den Stuhl stehengelassen hätte, dass er begraben wurde unter den Trümmern des Hauses und mit dem Geräusch von zersplitterndem Holz, das niemand hörte, kaputtging. Aber ich weiß, dass das nicht stimmt. Ich bin sicher, dass sie den Zettel zusammengefaltet und in ihre kleine Handtasche gesteckt hat, den Stuhl hat sie mit nach Hause genommen in ihre unordentliche Wohnung. Sie hat ihn sich auf die Schultern geladen und ist damit aus dem Haus gegangen, die staubige Straße hinunter, während hinter ihr mit dem brüllenden Lärm der Vernichtung das Haus in seine Einzelteile zerfiel. Sie hat ihn geborgen.

I Come From Vienna

Ich war auf dem Weg nach Hause. Es war halb neun, mein Flug ging um 22:43, ich hatte also Zeit. Am Check-in war nichts los, offenbar flog an einem gewöhnlichen Wochentag Mitte November keiner von New York nach Wien, keiner außer mir, die Maschine halb leer, wie die Frau am Schalter sagte. Ich kaufte mir einen Kaffee, setzte mich hin und dachte an nichts. Ich hatte eine seltsame Reise hinter mir, deren Zweck mir zu Beginn dringlich gewesen war, nun aber völlig belanglos erschien. Ich war müde, erschöpft, zu viele Bilder, Orte, Landschaften. Während ich in meinem Kaffee umrührte, beobachtete ich die Leute, die an den kleinen, runden Tischen saßen, redeten, lachten oder Zeitung lasen. Ich bildete mir ein, ihr Leben sei geordnet, sinnvoll und überschaubar, ich selbst dagegen kam mir ziellos und entwurzelt vor, was angesichts meiner tatsächlichen Lage eine recht romantische Sicht der Dinge war. Früher hatte mich oft Panik erfasst, wenn ich feststellte, dass ich irgendwo sitzen und warten musste, ohne etwas zu lesen dabei zu haben. Jetzt war ich froh darüber, ich konnte mir nichts vorstellen, was zu lesen mich interessiert hätte, schon der Akt des Lesens selbst wäre mir zu anstrengend gewesen. Ich saß da in einer Art natürlicher Bedürfnislosigkeit, wie ein sattes Tier oder eine Frucht, die an einem Baum hängt und darauf wartet, herunterzufallen, als mich jemand ansprach. Ich musterte den großen, breit gebauten Mann erstaunt und mit einigem Argwohn. Er lächelte mich an, erwartete offensichtlich Antwort auf eine Frage, die ich nicht gehört hatte, also raffte ich mich auf und sagte: Pardon?

The chair, sagte er mit einem Akzent, den ich nicht einordnen konnte und deutete auf den Sessel gegenüber von mir, is it free, may I sit down?

You´re welcome, sagte ich, obwohl es nicht stimmte und überprüfte nervös, ob wirklich kein anderer Tisch frei war. Das Letzte, was ich brauchen konnte, war eine dumme Anmache auf einem Flughafen. Jetzt ärgerte es mich doch, kein Buch zu haben, hinter das ich mich nach meiner unbedachten Freundlichkeit wieder hätte zurückziehen können. Ich versuchte, ein möglichst abweisendes Gesicht zu machen, kramte in meiner Tasche nach meinem Handy, schrieb ein SMS, das ich nicht abschickte, kam mir blöd vor und steckte es wieder weg. Ich verschränkte die Hände auf dem Tisch und stierte in meinen Kaffee.

Are you American? Der Mann schaute auf meine Hände, als könnte er aus ihnen lesen, ob ich Amerikanerin war oder nicht.

No, sagte ich knapp und dachte, mein Gott, warum bin ich so unhöflich.

Where do you come from? fragte er weiter, immer noch freundlich lächelnd.

I come from Vienna, antwortete ich formvollendet und fühlte mich wie im Sprachkurs. Vienna, Austria, fügte ich in plötzlichem Übermut hinzu.

Oh, how wonderful, I go there tonight!
Na wunderbar. Ich hatte ihn also am Hals. Musste ihm Tipps geben, Essen, Trinken, Ausgehen, Kultur, das volle Programm. Kauf dir eine Stadtzeitung, wenn du da bist, wollte ich ihm sagen, und lass mich in Ruhe, aber ich wusste, es war zu spät. Im Flieger würde er sich zu mir setzen, da war ich mir sicher, die schlechte Belegung würde es möglich machen. Er würde meine Telefonnummer haben, mich in Wien treffen wollen. Hoffentlich hatte er schon ein Quartier.
Lustlos schüttete ich den restlichen Kaffee hinunter.
Schmeckt nicht, was? er zeigte auf meine Tasse, in Wien soll er besser sein, habe ich gehört, die Heimat des Kaffees.
Die Türken haben ihn mitgebracht, erklärte ich ihm, mich in mein Schicksal ergebend, ist schon lange her.
Ja, ja, die Türken! Er lachte, als gehörte die Türkenbelagerung zu seinen persönlichen Erinnerungen. Er hatte sehr weiße, gerade Zähne und volle, fast wulstige Lippen, die in den Mundwinkeln leicht nach oben geschwungen waren, was den Eindruck eines Dauerlächelns erweckte. Seine Haut war um einiges dunkler als meine, mit einem starken Olivton, das ganze Gesicht etwas zu glatt, für meinen Geschmack. Ich überlegte, woher er kam, wollte aber nicht fragen, schließlich interessierte er mich nicht.
Ich war noch nie in Wien, begann er, nachdem er sich auch einen Kaffee bestellt hatte, ist es schön da?

Hm, kommt darauf an.
Worauf?
Kommt darauf an, was man sucht, sagte ich aufs Geratewohl.
Ahhh, er lehnte sich zurück und lächelte wissend, was suchen *sie* denn?
Gar nichts, gab ich zurück, ich bin da geboren.
Aber sie haben hier etwas gesucht, er neigte seinen Kopf etwas zur Seite, in Amerika?
Ich fühlte mich unbehaglich. Das Gespräch nahm eine falsche Richtung, eigentlich hätte er mir jetzt erzählen müssen, warum er nach Wien flog, irgendein geschäftlicher Auftrag vielleicht, mich nach sehenswerten Kulturdenkmälern fragen, etwas in der Art. Stattdessen veranstaltete er dieses Verhör.
Was führt sie nach Wien? fragte ich, seine Frage ignorierend, um das Ruder wieder an mich zu reißen.
Er lachte, hob die Hände, mit den Handflächen nach außen, wie um zu signalisieren, dass er sich in der ersten Runde geschlagen gab.
Urlaub. Ich mache Urlaub, den ersten seit langem.
Viel Spaß. Es sollte ironisch klingen, tat es aber nicht.

Im Flieger stellte sich heraus, dass er nur zwei Plätze weiter saß. Der Platz zwischen uns war nicht besetzt, allerdings machte er keine Anstalten, ihn einzunehmen. Stattdessen legte er einen Stapel Zeitungen zwischen uns und bot mir an, mich zu

bedienen. Dann vertiefte er sich in die New York Times. Ich sah zum Fenster hinaus, obwohl es da nichts zu sehen gab und kam mir dumm vor, weil ich diesen Mann so falsch eingeschätzt hatte. Er hatte mich noch nicht einmal nach meinem Namen gefragt. Wann war ich so misstrauisch geworden? Früher hatte ich auf meinen Reisen viele Menschen kennen gelernt, hatte jeden solange für vertrauenswürdig gehalten, bis er mir das Gegenteil bewies. Hing es mit Jan zusammen? Ich schloss die Augen und versuchte, mir sein Gesicht vorzustellen, aber in letzter Zeit funktionierte es immer schlechter, es begann zu verblassen. Der Kampf gegen die Zeit war einer, den man immer verlor. Ich hatte ein paar Fotos, aber das galt nicht, es war wie Schummeln in der Schule und es befriedigte mich nicht, sie anzuschauen. Ich konnte auf ihnen nicht sehen, was ich am Anfang gesehen hatte, wann immer ich an ihn dachte, aber das schien lange her zu sein. Irgendwann würde ich sie wegwerfen, diese Fotos, vielleicht.
Ich versuchte zu schlafen, aber es gelang mir nicht, immer wieder warf ich einen kurzen Blick auf den Mann neben mir, der mir inzwischen seltsam vertraut vorkam. Seine Anwesenheit war beruhigend, ohne dass ich hätte erklären können, warum. Seine konzentrierte Art, die Zeitung zu lesen, mich mir selbst und meinen Gedanken überlassend, vermittelte mir eine Sicherheit, die mich an ein Gefühl aus meiner Kindheit erinnerte, ein Gefühl, das ich lange nicht mehr empfunden hatte.

Ich schloss die Augen wieder und überließ mich einer wohligen Wärme, die sich in mir ausbreitete. Vor mir tauchte eine Landschaft auf, von der ich nicht sicher war, ob ich sie schon einmal gesehen hatte, eine flache, karstige Landschaft ohne nennenswerte Vegetation, die braune Erde verbrannt von der Sonne, über das Land verteilt Gruppen von ärmlichen Hütten, am Horizont eine langgezogene Bergkette, die im Dunst verschwamm. Es war unerträglich heiß. Ich ging durch diese Landschaft, schien aber nicht vom Fleck zu kommen, die Entfernung zu den Hütten blieb immer die gleiche. Ich sah zu Boden, er glitt unter mir hinweg, viel schneller, als ich je hätte laufen können. Einen kurzen Moment dachte ich: Landen wir schon? doch gleichzeitig sah ich meine Beine und Füße, wie sie langsam und mit großer Anstrengung versuchten, vorwärts zu kommen. Dann sah ich auf dem Boden etwas liegen, das meine Aufmerksamkeit auf sich zog, ein länglicher Gegenstand, fast weiß, an den beiden Enden dicker als in der Mitte. Ich hielt abrupt an, die Erde unter mir bewegte sich weiter, doch der Gegenstand blieb, wo er war. Ich bückte mich und hob ihn auf. Er war kalt und wog schwer in meiner Hand. Es war ein menschlicher Knochen. Mit einem Schrei ließ ich ihn fallen und wachte auf. Der Mann hatte sich über den freien Platz hinweg zu mir herüber gebeugt, legte eine Hand auf meinen Arm und sah mich besorgt an.
Sie haben geschrien, stellte er fest. Haben sie schlecht geträumt?

Ich war völlig desorientiert und brauchte eine Weile, um zu begreifen, wo ich war. Mein Mund war ausgetrocknet, meine Zunge klebte am Gaumen. Wortlos reichte mir mein Reisegefährte einen Becher mit Wasser, der vor ihm auf dem kleinen Klapptischchen stand. Die Situation war mir peinlich, ich sah mich um, ob sonst jemand auf mich aufmerksam geworden war, aber die meisten Passagiere schliefen oder dösten vor sich hin.
Ich habe auch manchmal schlechte Träume, besonders auf Reisen. Deshalb schlafe ich nicht gerne in Flugzeugen oder in der Bahn. Er lächelte. Aber es lässt sich nicht immer vermeiden.
Ich nickte und lächelte zurück, dankbar, dass ich nicht sprechen musste.
Er griff nach einer Zeitung und hielt sie mir hin. Lesen sie was, das hilft.

Als wir aus dem Flugzeug stiegen, suchte ich nach dem Gefühl, das zu dem Begriff *nach Hause kommen* gehörte, vertraute Töne und Gerüche, muttersprachliche Hinweisschilder, fester Boden unter den Füßen. Was ich an Wien immer am meisten gemocht hatte, war dieses Zurückkehren, das erneute Eintauchen in ein Netz aus Straßen, Telefonnummern, Gewohnheiten und Tätigkeiten, Menschen und ihren Verabredungen in bestimmten Restaurants und Bars, all das hatte einfach weiter existiert, während ich unterwegs gewesen war, auf Reisen durch andere, fremde Netze, ich kam zurück und konnte meinen Platz wieder einnehmen, als wäre ich während einer

Theatervorstellung schnell mal auf dem Klo gewesen. Aber diesmal war es anders. Ich spürte es sofort, als ich meinen Fuß auf das Flugfeld setzte und die Luft einsog. Etwas fehlte, war mir abhanden gekommen, ich konnte es nicht benennen. Ich stieg in den Bus und dachte, ich könnte in Rom sein oder in Glasgow oder Hamburg, ich würde es nicht bemerken. Wir passierten den Zoll, der Beamte sagte etwas in unverkennbarem Österreichisch und ich fühlte nichts. Der Mann, dessen Namen ich nicht wusste, ging neben mir her und sah sich um, wie Fremde sich eben umsehen, wenn sie zum ersten Mal an einem Ort sind, ich fragte mich, was er sah. Gemeinsam standen wir am Förderband und warteten auf unser Gepäck.

Haben sie ein Auto? fragte er mich, während er eine große unförmige Tasche und einen kleineren, länglichen Koffer vom Band hievte, der aussah, als beherbergte er eine Waffe.

Ich hatte eins, antwortete ich, warum erzählte ich ihm das? Ich habe es verkauft, um diese Reise bezahlen zu können.

Er zog die Augenbrauen hoch, sagte aber nichts. Als ich meinen Koffer hatte, gingen wir zum Taxistand. Wir könnten uns die Kosten fürs Taxi teilen, wenn sie möchten, schlug er vor, ich muss ins Zentrum, und sie?

Plötzlich wusste ich, was anders war: Ich wollte gar nicht nach Hause. Ich wollte nicht die Treppe zu meiner Wohnung hinaufgehen, nicht die Türe aufsperren, hineingehen, Licht machen, mein Gepäck abstellen, die Post durchsehen, die sich

angesammelt hatte, Freunde anrufen. Ich hatte zuviel aufgegeben, als ich ging, war zu weit weg gewesen. Ich hatte vergessen, wo mein Platz war. Ich blieb stehen, aus purer Ratlosigkeit.
Ich habe Hunger, möchten sie mit mir essen gehen?
Er war ein paar Schritte weiter gegangen, jetzt drehte er sich nach mir um und sah mich überrascht an. Sofort kam ich mir aufdringlich vor, wie diese Leute, die mir immer furchtbar auf die Nerven gehen, weil sie nie merken, wo andere ihre Grenzen haben.
Sein Blick lag forschend auf mir, er versuchte, meine Motivationen abzuschätzen: War ich einsam, auf der Suche nach einer Affäre oder einfach nur ein Freak? Er zeigte auf meinen Koffer.
Wollen sie nicht zuerst ihr Gepäck loswerden?
Ich könnte es bei ihnen im Hotel abstellen, wenn sie nichts dagegen haben.
No problem. Er nickte und schlichtete gemeinsam mit dem Taxifahrer unsere Sachen in den Kofferraum. Während wir Richtung Innenstadt fuhren, zog er einen mehrmals gefalteten Zettel aus seiner Manteltasche, faltete ihn umständlich auseinander und betrachtete ihn eine Weile. Er schien über etwas nachzudenken. Ich sah unauffällig hinüber, auf dem Zettel stand etwas, das aussah wie eine Adresse, Genaueres konnte ich nicht erkennen. Einmal öffnete er den Mund, ich dachte, er würde mich etwas fragen, aber dann ließ er es und steckte den Zettel wieder weg.
Er wohnte im Hotel Europa, ein Ort, an dem ich noch nie gewesen war. Ich fühlte mich fremd und

das war mir recht so. Das Zimmer musste ein Vermögen kosten, er sah nicht danach aus. Ich dachte an den länglichen Koffer und fragte mich, womit er sein Geld verdiente.
An der Rezeption entstand eine peinliche Situation, als der Portier Mr. Matthew fragte, ob wir ein Doppelzimmer haben wollten.
Nein, nein, sagte Mr. Matthew schnell, die Lady hier kommt nur mal kurz mit auf mein Zimmer, um sich frisch zu machen und möchte gerne ihr Gepäck hier lassen, während wir essen gehen.
Der Portier musterte mich, als wäre ich eine Prostituierte, ich sagte auf Deutsch: Ich lebe hier, als sei ich ihm eine Erklärung schuldig. Während er sich umdrehte, um den Schlüssel von der Wand zu nehmen, versuchte ich, in der verglasten Tür zur Bar einen Blick auf mein Spiegelbild zu erhaschen: Ich sah tatsächlich aus, als könnte ich eine Erfrischung gebrauchen, am liebsten hätte ich jetzt ein schönes, kühles Bier gehabt.
Auf dem Zimmer entschuldigte sich Mr. Matthew und verschwand ins Bad. Ich machte den Fernseher an, zappte durch die Kanäle, blieb beim ORF hängen, wo der Kanzler eine Rede hielt. Ich war überrascht, dass sich nichts geändert hatte, früher hatte mich das nie gewundert. Ich machte den Fernseher wieder aus, ging zum Fenster und sah auf die Kärntner Straße hinunter. Menschen in Wintermänteln und Daunenjacken schlenderten die Straße hinauf und hinunter, blieben vor Auslagen stehen, kauften heiße Maroni, eine kleine Menge scharte sich ein Stück weiter Richtung

Stephansplatz vor den unvermeidlichen peruanischen Straßenmusikern, die in ihren bunten Ponchos dastanden und froren und den dampfenden Atem in ihre Panflöten bliesen. Ich hatte das Gefühl, auf eine Dorfstraße zu schauen, in der ein lokales Fest zu Ehren einer mir unbekannten Gottheit mit unverständlichen Ritualen stattfand. Vielleicht war ich zu lange in Amerika gewesen.

Im Hintergrund hörte ich, wie Mr. Matthew sich rasierte. Sein Sakko hatte er achtlos aufs Bett geworfen, ich könnte jetzt einfach seine Brieftasche klauen und verschwinden, dachte ich, oder zumindest in seinem Pass nachsehen, woher er kam, wie er mit Vornamen hieß. Mir war danach, Dinge zu tun, die mich noch weiter von mir selbst entfernten, gleichzeitig sehnte ich mich nach einer Wahrnehmung, die ich einordnen konnte, nach einer Erinnerung. Aber alles, was mir in den Sinn kam, schien mir gleich weit weg, als dächte ich an jemand Anderen, eine Person in einem Film oder einem Roman.

Mr. Matthew bestand nicht auf Wiener Küche und ich wollte nicht an einen Ort, der mich daran erinnerte, dass ich in meiner Heimatstadt war. Also aßen wir im *Yohm* am Graben, ein Asiate, wie er überall auf der Welt hätte sein können. Die Menschen um uns herum waren jung, schön und zum Großteil schwarz gekleidet, ihre Dialoge und Gesten kamen mir einstudiert vor, ich fragte mich, was für mich in der Regieanweisung stand. Wir bestellten Bier.

Mr. Matthew, was? sagte ich schließlich, als hätte er noch fünf andere Namen.
Sie können mich Samuel nennen, wenn sie möchten. Er hob sein Glas.
Anna, sagte ich, obwohl ich nicht so hieß und wir prosteten uns zu.
Ich finde, der Name sagt viel über einen Menschen, obwohl er ihn sich nicht selbst aussuchen kann. Samuel Matthew sah mich aus zusammengekniffenen Augen an. Doch, der Name passt zu dir.
Findest du, fragte ich ein wenig kokett und zeigte ihm mein Profil.
Ja, er ist kurz und gerade und doch klangvoll …
Ich musste lachen.
… und außerdem vollkommen symmetrisch, er teilte die Luft vor sich mit der Handkante.
Ich bin überhaupt nicht symmetrisch, wehrte ich ab, wie kommst du darauf?
Ich weiß nicht, antwortete er schlicht, ich kenne dich ja nicht.
Ich wurde wirklich nicht schlau aus ihm.
Was ist in dem Koffer, in dem kleinen, länglichen, ist das ein Gewehr?
Jetzt musste er lachen. Wie kommst du darauf?
Ich weiß nicht, sagte ich grinsend, ich kenne dich ja nicht. Ich kenne überhaupt niemanden, der ein Gewehr besitzt. Nur Leute in Filmen.
Das ist gut, da hast du wirklich Glück.
Ein Ausdruck huschte über sein Gesicht, den ich nicht deuten konnte, eine Art Schatten, der über ihn hinwegzog und wieder verschwand.

Also, drängte ich, was ist nun in dem Koffer, ich meine, *wirklich*.
Ein Saxophon, *wirklich*.
Du bist Musiker?
Er schüttelte den Kopf.
Nein, nein, ich bin nicht gut. Aber ich spiele gern.
Im Hotel? Ich dachte an den Portier.
Warum nicht? Samuel zuckte mit den Achseln. Ich spiele ja nicht mitten in der Nacht.
Schade, sagte ich und meinte es so. Ich stellte mir vor, wie ich in seinem Hotelzimmer sitzen würde, in dem großen, weichen Fauteuil, und er würde am Fenster lehnen und für mich spielen. Ich stellte mir vor, ich würde mich dabei irgendwie zu Hause fühlen, mehr als in meiner leeren Wohnung, in der ich nichts zurückgelassen hatte als das Mobiliar und einen Haufen Kram, mit dem ich mich nicht mehr verbunden fühlte.
Nach dem Essen zündete ich mir eine Zigarette an, Samuel rauchte eine dicke Zigarre, ich dachte sofort: ein *Saxophon*? Sieht das nicht *anders* aus?
Wir hatten eine Weile nicht geredet, Samuel gehörte nicht zu den Menschen, die dauernd reden mussten, es war angenehm, mit ihm zu schweigen.
Wie lange warst du in Amerika? fragte er mich jetzt.
Drei Monate, sagte ich wahrheitsgemäß. Ich habe jemanden gesucht.
Er lächelte nicht. Und, hast du ihn gefunden?
Nein. Ich sah an Samuel vorbei und plötzlich

tauchte Jans Gesicht vor mir auf, so deutlich und plastisch, dass ich blinzeln musste.
Samuel legte mir eine Hand auf den Arm, wie schon zuvor im Flugzeug, eine Geste, die soviel Mitgefühl ausdrückte, dass ich hätte weinen können, aber ich tat es nicht.
Das tut mir Leid, sagte er.

Wir stromerten durch die Stadt. Die Luft war feucht, aber nicht zu kalt. Wir gingen langsam, Samuel blieb immer wieder stehen, um sich Häuser anzuschauen. Er legte den Kopf in den Nacken, um auch die Fenster der oberen Stockwerke sehen zu können. Einmal blieb er vor einem großen Tor stehen und berührte den schmiedeeisernen Türgriff. Er sagte, er interessiere sich für die Geschichte von Häusern, alten Häusern.
Dann bist du in Wien richtig, sagte ich lachend.
Er nickte ernst. Ich weiß, deshalb bin ich ja hier.
Er erklärte mir, ihn fasziniere der Gedanke, dass viele verschiedene Menschen hintereinander in einem Haus lebten, die einander nicht kannten, durch das Haus aber verbunden seien. Die Leute zogen aus oder starben, aber die Mauern speicherten ihr Schicksal, und der Nächste, der einzog, lebte praktisch in der Geschichte seines Vorgängers. Er erzählte, er selbst sei in einem sehr alten Haus aufgewachsen, und als Junge habe er oft das Gefühl gehabt, er müsse nur mit dem Fingernagel an der Wand kratzen, und die Vergangenheit würde zum Vorschein kommen wie die Schichten von Farbe, mit denen die Wand immer

und immer wieder übermalt wurde. Ich musste an die Blümchentapete in meinem alten Kinderzimmer denken und wie ich einmal als Fünfjährige ein handtellergroßes Stück davon abgekratzt hatte, um zu sehen, was dahinter war. Ich erinnerte mich an meine Enttäuschung über das simple, weiße Loch, das entstanden war, doch später malte ich ein Auge in das Loch und ich entwickelte die Vorstellung, es sei das Auge meiner verstorbenen Großmutter, die ich vermisste, und nun konnte sie mich sehen, wenn ich spielte, meine Hausübungen schrieb oder schlief. Ich erzählte Samuel davon. Sie hat dich wirklich gesehen, ganz bestimmt. Es war ein magisches Auge.
Woher willst du das wissen? fragte ich ungläubig.
Da, wo ich herkomme, sagt man, dass die Toten die Lebenden beschützen, die sie geliebt haben. Man hängt Ahnenfotos in den Flur, in die Küche oder übers Bett oder stellt sie auf kleine Hausaltäre, gemeinsam mit einem Gegenstand, der dem Toten gehört hat, ein Schmuckstück oder Talisman. Er hob die Schultern und lächelte. Ich glaube daran, und es hat mir geholfen, mit dem Tod zu leben.
Ich starrte ihn an und mich fror plötzlich. Was für ein Leben mochte hinter diesem Gesicht stecken? Wir wussten nichts voneinander, und doch erzählten wir uns intime Dinge. Wir offenbarten uns auf eine karge, auf das Wesentliche beschränkte Art und Weise, doch wir ließen all die Geschichten weg, die uns bis hierher geführt hatten, die uns belasteten. Wir bewegten uns wie in einer

dünnen, zerbrechlichen Blase und ich hatte kein Verlangen, sie zu zerstören. Ich fürchtete, Samuel würde im nächsten Moment sagen, er sei müde und wolle in sein Hotel zurück, ich wusste, wir würden uns danach nicht wiedersehen.
Ich weiß einen Ort mit viel Geschichte, sagte ich.

Wir gingen zu Fuß bis zum Schwarzenbergplatz und stiegen dort in den 71er. Samuel mochte die Straßenbahn. Er meinte, sie sähe aus wie von 1971. Ich sagte ihm, dass die Wagen zu dieser Zeit anders ausgesehen hätten, mit Türen, die man von Hand aufschieben konnte und die im Sommer die meiste Zeit offen standen, sodass man zwischen den Stationen aus- und einsteigen konnte, wenn die Straßenbahn an einer Ampel hielt. Ich erzählte ihm auch, dass es damals noch Leute gegeben hatte, die das englische Wort tramway benutzten, nur deutsch ausgesprochen, so, wie man es schreibt. Als ich acht Jahre alt war und das Wort Tramway schon schreiben konnte, entdeckte ich, dass man nur ein u zwischen das a und das m setzen musste und aus Tram wurde Traum – dream, übersetzte ich. Dreamway, sagte Samuel. Träumst du auch in der Straßenbahn?
Ja. Und ich vergesse oft, auszusteigen.
Wir schauten aus dem Fenster auf die langsam dunkler werdende Straße, die an uns vorbeizog. Das trübe Licht der Spätnachmittage im Winter lag auf den schäbigen, von Abgasen geschwärzten Häusern entlang des Rennwegs. Menschen hasteten mit hochgezogenen Schultern in Supermärkte,

wo sie unbarmherzig in die plötzliche Helligkeit der Neonbeleuchtung getaucht wurden. Auf meiner Zunge lag der metallische Geschmack nach Schienen und Rädern und den Stangen, an denen die Haltegriffe befestigt waren. Ich suchte in meiner Tasche nach einem Kaugummi, fand aber keinen. Als wir endlich da waren, zündete ich mir sofort eine Zigarette an, um den Geschmack loszuwerden, aber auch, weil ich nervös war. Ich hatte Samuel nicht gesagt, wo wir hinfuhren, und er hatte nicht gefragt, in seiner abwartenden, zurückhaltenden Art, die ich inzwischen schon kannte und mit der ich auch ein wenig kalkuliert hatte. Jetzt aber, wo wir direkt vor dem Tor zum Zentralfriedhof standen und die endlosen Mauern sich links und rechts von uns erstreckten, wurde ich unsicher. Ich beobachtete Samuel von der Seite, um herauszufinden, ob er begriffen hatte, wo wir waren, aber natürlich hatte er längst die Blumenstände gesehen, die Kränze in allen Größen und Preisklassen anboten. Er sah mich kurz an und gleich wieder weg, und da wusste ich, dass auch er unsicher war. Ich nahm seine Hand und er ließ es zu, ließ sich von mir durch das Tor ziehen und dann gleich nach rechts. Der Kies knirschte unter unseren Füßen, ein unerhört lautes Geräusch in der Stille der kleinen roten Grablichter und in Stein gemeißelten Inschriften. Es war kälter geworden und ich war froh, Samuels warme Hand zu halten. Ich wartete auf den Frieden, den die Toten gefunden hatten, egal, wie sie gelebt, geliebt oder gelitten hatten, sonst konnte

ich ihn immer spüren und er besänftigte mich, machte mich ruhig, aber heute war es anders. Ich wusste nicht, ob es an Samuel lag oder an mir oder aber an uns beiden, an diesem merkwürdigen Tag. Samuel ging folgsam neben mir her, fast wie ein Kind, wach und aufmerksam schaute er in die zunehmende Dunkelheit.
Willst du zu einem bestimmten Grab, fragte er schließlich. Ich schüttelte den Kopf.
Es gibt einen jüdischen Teil, gleich da vorne, ich zeigte in die Richtung, wo der neuere Teil des jüdischen Friedhofs lag und die in der Dämmerung matt leuchtenden Grabsteine ihre Häupter in die Luft streckten. Samuel blieb stehen. Ein Ausdruck des Erstaunens trat auf sein Gesicht. Er wandte den Kopf und sah mich an, als hätte er mich den ganzen Tag nicht richtig angeschaut und wollte es jetzt endlich tun.
Willst du ihn lieber nicht sehen? fragte ich.
Doch. Ich wäre ohnehin hergekommen. Ich habe Verwandte hier.
Während wir die nun schmäleren Wege zwischen den Gräbern entlanggingen und Samuel sich immer wieder bückte oder in die Hocke ging, um die Inschriften besser erkennen zu können oder mit der Hand liebevoll über die Steine strich, fiel mir mein Traum aus dem Flugzeug wieder ein. Ich fragte mich, ob ich mit Jans Verschwinden besser zurechtkommen würde, wenn er gestorben wäre. Die Unumkehrbarkeit des Todes ist unverständlich und schwer zu verdauen, jedoch erübrigen sich viele Fragen. Ihn zu leugnen ist möglich,

aber zwecklos, und früher oder später kommt die Trauer, dieser große, schwarze Vogel, der alles mit sich fortträgt, das Hoffen und das Zweifeln, das jede andere Art des Verlusts kennzeichnet. Ich müsste mich nicht mit all den Fragen quälen, die meine Reise begleitet hatten und immer noch unbeantwortet auf dem Grund meiner Seele lagen: Die Frage nach der Liebe und ihrer komplizierten Textur, nach der eigenen Unzulänglichkeit und der plötzlichen Fremdheit im Verhalten von Menschen, die uns vertraut erschienen, denen wir uns verbunden glaubten. Ich dachte, Samuel könnte mir vielleicht die eine oder andere Antwort geben, nicht, weil er mich oder meine Geschichte kannte, sondern durch seine eigenen Fragen. Es war offensichtlich, dass er den Tod besser kannte als ich, die ich nur ein Spion in seinem Haus war und mit ein paar romantischen Vorstellungen versuchte, meiner persönlichen Misere zu entgehen. Ich war hier, weil ich auf der Flucht war vor meiner Haltlosigkeit, während er Halt in seiner Geschichte suchte.
Hier, sagte er, das Grab der Schwester meiner Großmutter. Sie hat das KZ überlebt und starb in den sechziger Jahren an Krebs. Efeu rankte sich über den bogenförmigen Grabstein und mir fiel ein, dass das jüdische Brauchtum keine Grabpflege kannte. Das Gedenken war nicht an einen Stein und ein rechteckiges Fleckchen Erde gebunden. Samuel stand auf und klopfte sich ein wenig Erde von den Hosenbeinen. Ich habe sie nie kennen gelernt, aber ich habe Fotos von ihr

gesehen. Sie muss eine kluge, lebenslustige Frau gewesen sein, sehr stolz. Zu stolz, um ihre Heimat zu verlassen.
Glaubst du, man kann so etwas wirklich auf Fotos sehen, oder ist es das, was du aus Erzählungen über sie erfahren hast.
Er wiegte den Kopf hin und her. Fotos sind Schatten, sagte er dann. Jeder Mensch wirft einen anderen.
Als wir uns wieder auf den Weg zum Ausgang machten, begann es zu schneien. Samuel blieb stehen und sah in den Himmel. Er streckte beide Arme aus, mit den Handflächen nach oben und sah zu, wie die Schneeflocken auf seine Haut fielen und schmolzen. Er öffnete den Mund, streckte die Zunge heraus und ließ die weißen Kristalle dort zergehen.
Schnee, sagte er dann, auf Deutsch.

Auf der Rückfahrt wurde ich müde. Ich lehnte mich an Samuel und schloss die Augen. In meinem Kopf waren tausend Dinge, ich konnte sie nicht ordnen. Ich hatte das Bedürfnis allein zu sein und gleichzeitig hatte ich Angst davor. Ich wollte nichts erzählen oder alles. Auch Samuel schien zurückgezogen, er legte unbeholfen seinen Arm um mich und sah dabei in die andere Richtung. Wir schwiegen die ganze Fahrt hindurch und als wir ausstiegen, lastete das Schweigen so schwer auf uns, als hätten wir die Grabsteine in unsere Taschen gesteckt und mitgenommen.
Ich wollte dieses Gewicht loswerden, sofort.

Ich möchte tanzen, sagte ich, eine Spur zu enthusiastisch.
Dann tu´s doch, er lächelte mich von der Seite an, ein wenig spöttisch, wie ich mir einbildete.
Ich blieb stehen. Gleich jetzt, hier? ich machte mit den Armen eine Geste, die den Parkring, die vorüberbrausenden Autos, die Passanten, das Café Schwarzenberg und den Schnee einschloss, der inzwischen stärker geworden war.
Natürlich, die Straße ist der beste Ort, um zu tanzen. Er schnippte mit den Fingern, machte ein paar Schritte vor und zurück, tänzelte um mich herum, dann fasste er mich um die Hüfte und drehte mich in einem Schwung zu sich. Er lehnte seine Hüfte locker an meine, seine Bewegungen waren geschmeidig, die klirrend kalte Luft war von Musik erfüllt, von Rhythmus, der Schnee schien zu schmelzen, noch bevor er uns erreichte, ich spürte ihn nicht mehr. Wir tanzten auf dem glatten, vereisten Gehsteig, ohne ein einziges Mal auszurutschen, ein paar Leute blieben kurz stehen, schüttelten die Köpfe und eilten weiter, sahen zu, dass sie ins Café kamen oder nach Hause. Samuel winkte ihnen zu. *An der schönen blauen Donau* sang er, seine Füße verfielen in den Dreivierteltakt. Der Walzer, sagte er mir, sei ihm immer vorgekommen wie ein Rausch. Seine Großeltern hätten ihn immer zu Silvester getanzt, zu einer verkratzten Schallplatte. Seine Aufgabe dabei war, die Nadel ein Stückchen weiterzubewegen, wenn sie hängen blieb, doch manchmal habe er sich damit Zeit gelassen, seine Großeltern bemerkten es nie. Er

sagte, sie seien an einem anderen Ort gewesen, solange sie tanzten, und er habe nicht das Bedürfnis verspürt, sie von dort zurückzuholen. Damals hatte er sich vorgestellt, dass, wenn er die Nadel nicht weiterbewegte, sie vielleicht für immer dort bleiben würden, irgendwo in der langen Rille von *An der schönen blauen Donau,* und erst viel später, als Erwachsener, erkannte er, dass sie sie niemals verlassen hatten.

Der Schnee blieb liegen, er hatte eine dünne, glitzernde Schicht auf den Asphalt und die Autos gelegt. Mir war kalt, aber es störte mich nicht. Wir schlenderten die Mahlerstraße entlang in Richtung Oper, als wäre es ein lauer Sommerabend, wir hatten es nicht eilig. Vor dem *Habana Club* blieben wir stehen und sahen uns unschlüssig an, wir deuteten ein paar Tanzschritte an, dann winkten wir gleichzeitig ab. Die Straße war der beste Ort, um zu tanzen.
Du solltest im Sommer wiederkommen.
Meinst du?
Ja, da ist mehr Leben auf der Straße und die Leute tanzen Salsa am Donaukai, sprudelte ich heraus, erst dann erreichte mich der Ton seiner Frage wie ein Echo und ich verstummte.
Ein paar Minuten gingen wir schweigend.
Dieser Jemand, begann Samuel zögernd, ich meine, der, den du gesucht hast. In Amerika. Hast du ihn geliebt?
Ich sah auf den Boden, wie er unter uns hinwegzog, während wir gingen, auf die Fußspuren im frisch gefallenen Schnee.

Ich weiß es nicht. Ich habe es vergessen.
Samuel sah mich erschrocken an. Das ist schlimm.
Warum? begehrte ich auf. Zuerst wollte er unbedingt, dass ich ihm nachreise, und ich wollte es ja auch, aber als ich ankam, war er nicht da, weißt du, einfach weg, keine Botschaft, nichts. Ich habe ihn *drei Monate* gesucht, verstehst du? Vielleicht ist es also besser, mich nicht zu erinnern.
Doch Samuel schüttelte den Kopf. Gefühle zu vergessen ist wie einen Körperteil zu verlieren.
Er blieb stehen und fasste sich mit der linken Hand an den rechten Arm, den er wie tot herunterhängen ließ. Du weißt genau, dass da etwas war, dass du es gebraucht hast, und jetzt ist es weg. Aber es hilft nicht, dass es weg ist, es tut immer noch weh.
Instinktiv griff ich mir ebenfalls an den Arm, wie um zu prüfen, ob er noch da war. Samuel ging zum nächsten geparkten Auto und begann, mit dem Finger etwas auf die verschneite Windschutzscheibe zu zeichnen. Als er fertig war, kritzelte er eine Art Signatur darunter und trat zurück. Es war ein Mann, dem ein Arm fehlte und der unter dem anderen Arm sein Herz trug. Der Mann grinste naiv und sorglos in die Welt, er hatte etwas von einem einfältigen Jungen, der seinen Fußball spazierentrug. Er schien nicht zu bemerken, dass ihm etwas fehlte. Ein Selbstportrait, sagte Samuel, bevor er weiterging. Wir waren inzwischen fast wieder beim Hotel angekommen.
Willst du gleich nach Hause oder trinken wir noch was? Er hielt mir die Tür auf. Ich würde mich

freuen, fügte er hinzu. War ich zu weit gegangen, dachte ich plötzlich, machte er sich vielleicht doch irgendwelche Hoffnungen? Aber dann fiel mir ein, dass ich es war, die ein Problem mit der Hoffnung hatte. In der Hotelbar ließ ich mich in einen der großen weichen Ledersessel sinken, ich hatte das Gefühl, darin zu verschwinden. Ich wünschte, ich würde darin verschwinden, es erschien mir einfach. Ich bestellte noch ein Bier, Samuel trank Whisky. Er sah mich lange an, es war nicht unangenehm, sein Blick war ruhig, nicht drängend. Was wirst du morgen tun?
Ich stierte in mein Glas. Ich habe keine Ahnung, bekannte ich.
Wir sahen durch die große Glasfront hinaus auf den Neuen Markt, in das dichte Schneetreiben. Am Donnerbrunnen stand eine junge Frau, trat von einem Bein auf das andere, sah hin und wieder auf die Uhr. Nach ein paar Minuten näherte sich von der Kärntner Straße her im Laufschritt ein Mann mit wehendem Mantel, der Schal flatterte hinter ihm her wie sein schlechtes Gewissen. Samuel grinste. Wir wissen, was jetzt kommt, oder? Na los, du bist die Frau.
Okay, sagte ich, und dann, leicht hysterisch: Na endlich! Immer kommst du zu spät. Wo warst du denn so lange? Während ich sprach, sah ich, wie die Frau ihre Lippen bewegte, wie bei einer Synchronisation. Der Mann begann wild zu gestikulieren.
Ich kann nichts dafür, wirklich! rief Samuel, Mein Chef, er hat mich aufgehalten. Wollte mit mir

noch über den neuen Auftrag sprechen, hat mir Pläne gezeigt, und natürlich musste es sofort und jetzt gleich sein. Du weißt doch, wie er ist. Die Frau machte eine wegwerfende Geste. Es ist doch immer dasselbe, lamentierte ich, warum kannst du nicht sagen, du hast eine Verabredung? So was ist doch normal, dein Herr Chef wird vielleicht auch manchmal Verabredungen haben, meinst du nicht? Der Mann hob die Hände und drehte sich einmal im Kreis.

Du verstehst das nicht, Samuel plusterte sich auf, das ist wirklich sehr wichtig. So was kann mich meinen Job kosten! Das Gesicht der Frau verzerrte sich wütend.

So, so, japste ich, und *ich*? Bin ich vielleicht nicht wichtig? So was kann dich deine Beziehung kosten!

Wir konnten nicht mehr. Prustend vor Lachen wanden wir uns in unseren Sesseln. Das Paar am Donnerbrunnen entfernte sich, unablässig weiterstreitend, in Richtung Graben. Als wir uns wieder beruhigt hatten, schaute Samuel mich unverwandt an.

Doch, du warst heute sehr wichtig für mich. Ich habe mich vor dieser Reise gefürchtet.

Und ich mich vor dem nach Hause kommen, sagte ich leise.

Ich weiß. Noch einmal legte er seine Hand auf meinen Arm, ich fühlte mich leer, nichts als Haut, über ein paar Knochen gespannt.

Soll ich dich begleiten? Ich meine – bis zu deiner Wohnung? fragte er, ebenso leise. Ich formte mit dem Mund die Worte Yes, please, aber meine Stimme kam nicht. Ich ließ die Tränen laufen, jetzt war es mir egal. Und Samuel schenkte mir sein Schweigen, er behielt die Hand auf meinem Arm und wartete, bis es vorbei war. Dann holte er mein Gepäck und rief ein Taxi. Bevor wir das Hotel verließen, sah ich mich nach dem Portier um, doch es war nicht mehr derselbe. Ein junger Schwarzer stand hinter der Rezeption, lächelte mir zu und verabschiedete sich höflich.

Als ich dem Fahrer meine Adresse nannte, zuckte Samuel zusammen, ich sah ihn erstaunt an, aber er sagte nichts. Wir fuhren über den Ring. Ich fragte Samuel, ob er etwas über die Gebäude wissen wolle, er sagte: Nein, nicht jetzt. Wir bogen an der Universität ab, fuhren über die Währinger Straße, passierten den Gürtel. Je weiter wir uns von der Innenstadt entfernten, desto mehr Schnee lag auf den Straßen und den parkenden Autos, es wurde stiller, die Geräusche gedämpft wie unter einem dicken, weißen Tuch. Als wir die Aumannstraße hinauffuhren, fing ich an, die Gegend nach kleinen Veränderungen abzusuchen, wie ich es schon als Kind immer getan hatte, wenn wir aus dem Urlaub zurückkamen. Ich klebte an der Fensterscheibe und hielt Ausschau nach den nachts herumstreunenden Katzen der Umgebung, die ich alle mit Namen kannte, nach den Lichterketten und leuchtenden Weihnachtsmännern, die jedes Jahr früher in den Vorgärten aufzutauchen schienen. Dann waren wir da, ich bezahlte den

Taxifahrer und wollte aussteigen, fast hatte ich Samuel vergessen. Er saß da, vornübergebeugt, in der Hand hielt er den Zettel, den ich schon auf unserer Fahrt in die Stadt gesehen hatte. Was ist das? fragte ich ihn, was steht da? Er reichte mir wortlos das Stück Papier. Gregor-Mendelstraße 32, stand da, in Blockbuchstaben, 1180 Wien, meine Adresse. Wir starrten uns an, unfähig, zu sprechen oder uns auch nur zu bewegen. Der Fahrer hatte mein Gepäck auf dem Gehsteig in den Schnee gestellt, jetzt stieg er wieder ein und drehte sich zu uns um. Stimmt was nicht, mit Rechnung? fragte er mit einem Akzent, der irgendwo zwischen Algier und Istanbul liegen mochte. Samuel und ich lösten uns ruckartig aus unserer Erstarrung und stiegen umständlich aus dem Wagen. Die Räder drehten beim Anfahren ein paar Mal durch, dann fuhr er davon. Wir standen mitten auf der Straße und schauten auf das Haus, in dem ich insgesamt 22 Jahre meines Lebens verbracht hatte. Ich griff nach Samuels Hand.
Das Haus meiner Familie. Hier bin ich aufgewachsen.
Das Haus *meiner* Familie, sagte Samuel. Meine Großeltern haben hier gewohnt, bis 1939.
Ich spürte ein merkwürdiges Prickeln, das mir vom Nacken aus die Wirbelsäule hinunterlief, es fühlte sich kalt an, aber es war nicht die Kälte des Winters. Wir gingen um das Haus herum, immer wieder, viele Runden lang, und mit jeder Runde verlor ich mehr und mehr das Gefühl, hier zu Hause zu sein, wie wenn man ein Wort hundertmal

wiederholt und es dadurch seine Bedeutung verliert. Samuel zeigte mir, in welchem Stock seine Familie gewohnt hatte, welche Fenster zu welchen Zimmern gehört haben mussten. Wo heute mein Arbeitszimmer war, hatten sie geschlafen, wenn auch nicht ruhig, zumindest in den letzen Jahren. Ich brauchte nicht mit dem Fingernagel an der Wand zu kratzen, die Geschichte verfolgte mich auch so, brach in mein Leben ein, brach aus den Mauern hervor, eine geisterhafte Fratze, ganz so wie jene, die ich als Kind gesehen hatte, nachdem das Licht ausgemacht worden war. Wie damals stand ich hier im Dunkeln und sah Dinge, die mir unbegreiflich waren, unfassbar und doch beängstigend real.

Warum erzählt man Kindern, dass es keine Geister gibt? fragte ich Samuel.

Weil sich die Erwachsenen so sehr vor ihnen fürchten, antwortete er und drückte meine Hand.

Wir standen vor dem Haustor und Samuel fuhr mit einem Finger das verschlungene Muster des Türbeschlags nach. Du kannst gerne noch mit hinaufkommen, falls du auch die Wohnung sehen möchtest. Es war ein tröstlicher Gedanke, die ersten paar Minuten nicht alleine dort oben sein zu müssen. Aber Samuel schüttelte den Kopf. Nicht jetzt. Er drückte noch einmal meine Hand. Danke, sagte er. Wofür? Nicht wofür, sagte er, drehte sich um und ging. Ich schaute ihm nach, wie er sich fast geräuschlos durch den knöchelhohen Schnee von mir entfernte, davonglitt, in die Stille, die Dunkelheit. Ich blieb noch eine Weile stehen

und ließ es auf mich schneien, bis ich spürte, wie die Nässe allmählich meinen Mantel durchdrang, dann nahm ich meinen Koffer und ging ins Haus. Ich zerrte ihn die zwei Stockwerke bis zu meiner Wohnung hinauf und versuchte, meine Wohnungstür aufzusperren. Sie war offen. Seltsam, dachte ich, es war eine seltsame Stunde für Ella, meine Blumen zu gießen. Ich stieß vorsichtig die Tür auf und spähte in den Flur. Alles war dunkel, es roch nach lange-niemand-dagewesen, ein wenig nach Tabak, und dann war da noch etwas, ein menschlicher Geruch, es war nicht Ellas Parfum. Noch im Mantel ging ich durch den Flur und weiter in die Küche. An meinem Küchentisch saß Jan und rauchte. Ich machte kein Licht, setzte mich ihm gegenüber und schwieg. Lange Zeit saßen wir so im Dunkeln, rauchten und atmeten. Irgendwann sagte ich: Letzte Nacht im Flugzeug habe ich im Traum einen menschlichen Knochen gefunden. Er war ganz weiß. Ich ahnte Jans Nicken mehr, als dass ich es sah, er sagte: In Amerika habe ich eine Frau getroffen, die Knochen aus Massengräbern zusammensetzt. Sie sagte, wenn uns von einem Menschen nichts mehr bleibt als unsere Erinnerung, sind die Knochen ein Trost.
Er stand auf, holte meinen Koffer herein, der immer noch auf dem Gang stand, und schloss die Tür. Ich ging in mein Arbeitszimmer, kramte in meinem Schreibtisch nach einem Stift und malte ein Auge an die Wand.
Seither wacht Samuel Matthews Großmutter über alles, was ich schreibe.

Rembrandt

Alles begann damit, dass Rembrandt seinen Bus verpasste. Beim Überqueren der Straße wäre er fast in ein Auto gerannt, schrill hupend entfernte sich der froschgrüne Citroën mit den wild gestikulierenden Armen des Fahrers links und rechts vom Lenkrad wie ein aufgezogener McDonalds-Gimmick. Rembrandt stand auf der Verkehrsinsel, eingehüllt in die dunkelgraue Rauchwolke, die der Bus beim Anfahren hinterlassen hatte, und starrte auf die kleiner werdenden Rücklichter.
Er hätte es noch schaffen können, er war früh genug aufgestanden, hatte in aller Ruhe seinen Kaffee getrunken, die erste Zigarette geraucht, geduscht, sich angezogen, er war schon im Treppenhaus gewesen, als er das Telefon in seiner Wohnung läuten hörte, gedämpft durch die zwei Pölster, unter denen er es heute morgen begraben hatte. Er lief zurück, schloss die Tür wieder auf, grub das Telefon aus und hob ab. Es war Julie. Warum er sich gestern nicht mehr gemeldet habe, wann er nach Hause gekommen sei, ob er sich nicht nach ihr sehne? Lauter Fragen, die er nicht hatte beantworten können. So gesehen könnte man auch sagen, Julies Anruf wäre der Anfang gewesen, aber was machte das für einen Unterschied? Nun würde er eine halbe Stunde warten müssen, bis der nächste Bus kam, er konnte auch den Daumen raushalten, doch dazu hatte er keine

Lust. Die Vorstellung, jetzt mit einem wildfremden Menschen reden zu müssen oder krampfhaft den Zugeknöpften zu spielen, war ihm zuwider. Langsam schlenderte er auf das Wartehäuschen zu, suchte in seiner Jackentasche nach einem Geldstück für den Kaugummiautomaten und dachte darüber nach, wann er zum letzten Mal pünktlich zur Arbeit gekommen war. Nicht, dass die Welt unterging, wenn er eine halbe Stunde später hinter der Bar stand, aber Nesrin, seine schöne, schnelle Kollegin, hatte in letzter Zeit Bemerkungen darüber gemacht.
Hi, Rembrandt, sagte sie, du hast es wohl raus, wie man aus einem miesen Gehalt ein Gutes macht, was? Nesrin beschwerte sich gern über das schlechte Fixum, das sie bezahlt bekamen, sie verdienten praktisch nur am Trinkgeld, Rembrandt war das egal. Er steckte fünfzig Cent in den Schlitz und drückte auf den Knopf für *Spearmint*. Nichts passierte. Er versuchte es noch einmal, betätigte den Rückgeldknopf, drosch mit der Faust auf den Automaten, nichts, kein Kaugummi, kein Geld. Fluchend setzte er sich auf die Bank, das kalte Metallgitter der Sitzfläche drückte sich in seinen Hintern.
Hey, Rembrandt, brüllte Ali, der Besitzer des Kebabstands auf der anderen Straßenseite, über den Verkehrslärm hinweg, dumm gelaufen, was? Rembrandt hob die Hände und ließ sie wieder fallen. Ali winkte ihn zu sich herüber, Rembrandt schaute diesmal links und rechts, bevor er über die Straße lief.

Mensch, Rembrandt, sagte Ali, der fünf Jahre in Berlin studiert hatte, bevor er hierher gekommen war, um Döner zu verkaufen, schon wieder zu spät! Rembrandt zuckte die Achseln.
Bier?
Nein, danke, hab noch nicht gefrühstückt.
Als ob das ein Grund wäre, grinste Ali. Wie geht´s Julie?
Hm, weiß nicht, gut, nehm ich an, log Rembrandt und sah weg, die Straße hinunter.
Oh, na gut, ich frag auch nicht mehr.
Sie schwiegen eine Weile, Ali räumte ein bisschen in seinem Stand herum, bediente eine fette Frau in einem geblümten Kleid, einmal Döner mit viel Fleisch und Zwiebel, ohne Salat, nicht scharf. Rembrandt drehte sich weg und verzog das Gesicht. Er hasste Kebab.
Aus dem Bahnhof gegenüber ergoss sich ein Strom von Menschen über den Gehsteig, die meisten gingen über den Zebrastreifen, einige schlängelten sich durch die Reihe der an der Ampel stehenden Autos zur Busstation. Rembrandt ließ seinen Blick über die Wartenden schweifen. Zwei Männer mit Hut, einer im Anzug mit Aktentasche, eine junge, müde aussehende Frau mit einem quengelnden Kleinkind an der Hand, Menschen, die von der Arbeit kamen, auf dem Weg nach Hause. In einer Stunde würden sie vor dem Fernseher sitzen, auf zu weichen Sofas, in hellerleuchteten Küchen, in halbdunklen Kinderzimmern, während er Flaschen öffnete, Bier zapfte, Aschenbecher leerte. Ihm gefiel diese Vorstellung, immer

noch: Zu arbeiten, wenn andere ihren Feierabend machten, wach zu sein, wenn sie schliefen, zu schlafen, während sie ihrer Arbeit nachgingen. Auch an seinen freien Tagen behielt er diesen Rhythmus bei, malte nachts, schlief am Tage, er brauchte kein Tageslicht zum Malen, eins der Dinge, die Julie nicht verstand.

Als sein Bus kam, fiel ihm plötzlich ein, dass er Ali nach der Musik hatte fragen wollen, die gestern bei ihm am Stand gelaufen war, er kramte einen Zettel aus seiner Hosentasche, um sich den Namen der Band zu notieren, fast hätte er diesen Bus auch noch verpasst, er konnte sich gerade noch zwischen die sich schließenden Türen quetschen. Erleichtert ließ er sich auf den nächsten freien Sitz fallen.

Das war knapp, sagte jemand, Rembrandt drehte überrascht den Kopf, aber das blonde Mädchen neben ihm sah schon wieder zum Fenster hinaus, Rembrandt war nicht sicher, ob sie es war, die gesprochen hatte, vielleicht war er gar nicht gemeint gewesen. Er schaute auf die andere Seite, hatte jedoch sofort das Gefühl, beobachtet zu werden. Wieder wandte er den Kopf, das Mädchen hatte jetzt ein Buch aufgeschlagen und las. Angestrengt blickte er geradeaus, der Bus quälte sich stockend durch den Feierabendverkehr. Dann hörte er wieder die Stimme des Mädchens.

Fährst du zur Arbeit? und als er diesmal hinschaute, sah sie ihn an, offen, neugierig. Sie hatte helle Augen, deren Farbe nicht zu definieren war, sie war nicht so jung, wie er anfangs geglaubt hatte,

obwohl er ihr Alter schwer schätzen konnte, zwanzig oder fünfundzwanzig, vielleicht auch älter. Er nickte.
Woher weißt du das?
Ich wusste es nicht, sonst hätte ich nicht gefragt. Du siehst eben nicht aus wie einer, der von der Arbeit kommt, auch nicht wie jemand, der ausgeht, um sich zu amüsieren. Sie lächelte, Rembrandt fühlte sich unbehaglich und seltsam erregt zugleich. Schnell sah er wieder geradeaus. Ich arbeite im Gastgewerbe, sagte er, ein Satz, den er sonst nie benutzte, um seinen Job zu beschreiben, ein fremder Satz, er hörte sich idiotisch an, fand Rembrandt. In einer Bar, verbesserte er sich, hinter der Theke.
So genau wollte ich´s gar nicht wissen, sagte sie in ihr Buch, Rembrandt hätte sich beinahe entschuldigt.
Den Rest der Fahrt sprachen sie nicht, als er an der U-Bahn ausstieg, wusste er nicht mehr, ob sie tatsächlich miteinander geredet hatten. Er war schon mit einem Bein auf der Straße, als er eine Hand auf seinem Arm spürte. In welcher Bar, rief sie, ihr Blick war nervös, sie wirkte gehetzt, außer Atem, als wäre es ein langer Weg gewesen von ihrem Platz am Fenster bis zur Tür, als wäre sie ihn gelaufen. Aus dem Lautsprecher im Bus kam krachend eine unverständliche Ansage. *Donau*, sagte Rembrandt, vielleicht zu leise, dann ging die Tür zu, im letzten Moment zog er den Arm heraus.

Als er im *Donau* ankam, war Nesrin nicht da, Manfred stand hinter der Theke und rauchte, wahrscheinlich hatten sie Dienst getauscht. Das Lokal war leer bis auf ein Pärchen, das an einem der Tische saß und sich anschwieg. Die Musik war zu laut, wurde von den kahlen Wänden zurückgeworfen, Rembrandt mochte diese erste Phase des Abends nicht, es war, als hätte man hundert Leute auf eine Party eingeladen und keiner kam. Er ging, um die Musik zu wechseln, wusste dann nicht, was er auflegen sollte, ließ die CD, die sie gerade gehört hatten, nochmal von vorne laufen. Manfred drehte sich nach ihm um und tippte sich auf die Stirn. Rembrandt sagte sorry, nahm ein Glas vom Regal und zapfte sich ein Bier, das Fass war frisch, das Bier zu warm. Er dachte an das Mädchen aus dem Bus, das eigentlich eine Frau war, ab wann war ein Mädchen eine Frau, nie wusste er das. Manche Frauen schienen nie Mädchen gewesen zu sein, manche Mädchen blieben für immer Mädchen, auch wenn sie schon weit über dreißig waren. Es hatte nichts mit Sex zu tun, glaubte Rembrandt, es verwirrte ihn. Mädchen verwirrten ihn, Frauen auch. Er beobachtete, wie sich das Lokal füllte, er bemerkte, dass er Ausschau hielt nach blonden Haaren und hellen Augen, sie war so anders als Julie, natürlich, woher wusste er das? Manfred kam und bewegte seine Hand ein paar Mal vor seinen Augen auf und ab. Arbeit, sagte er, und Rembrandt stürzte sich ins Gewühl.

Eine Stunde später hatte er alles vergessen, Julie, die Frau aus dem Bus, die Stadt mit ihren

U-Bahnen und Bahnhöfen und Kebabständen, die Menschen, die schliefen oder fernsahen. Er war nur noch Gläser und Bier und Wein und Whisky und Zigaretten und Wechselgeld, er liebte dieses Gefühl. Fremde und bekannte Gesichter zogen an ihm vorbei, er schenkte ein, schob Gläser über die Theke, kassierte, sagte hallo und tschau, er dachte niemals auch nur eine Sekunde über eine Bewegung nach, die Musik vermischte sich mit dem Lärm der Gespräche, dem Lachen, dem Geräusch der Kaffeemaschine, der Spülmaschine und irgendwo in ihm war es vollkommen still, still und friedlich und absolut leer. Er arbeitete seit fünf Jahren im *Donau*, die restliche Belegschaft hatte fast jedes Jahr gewechselt, alle hielten ihn für verrückt. Aber er wusste, warum er hier war. Er wusste, dass er verrückt werden würde, wenn er das *Donau* aufgab.

Als er um vier Uhr morgens das Lokal verließ, war es angenehm kühl. Es musste geregnet haben, die Straße war nass, die Luft roch sauber, obwohl sie es nicht war. Kein Mensch war unterwegs, ein paar Taxis fuhren die Straße hinauf und hinunter, der Himmel hatte das matte Blau der Stunde vor Sonnenaufgang. Rembrandt ging zum Würstelstand und aß eine Waldviertler, die ihm nicht schmeckte. Er trank noch ein Bier, um den Wurstgeschmack zu vertreiben, als er sich eine Zigarette anzündete, kam der Nachtbus. Er kappte das glühende Ende der Zigarette mit den Fingernägeln und stieg ein. Er sah sie sofort. Sie saß ganz hinten in der

letzten Reihe am Fenster und sah ihn an, als wären sie verabredet gewesen, als würde sie ab heute in allen Bussen sitzen, in die er einstieg, in jedem Bus ein Klon von ihr. Einen Moment dachte er daran, sie zu ignorieren, sich irgendwo hinzusetzen, als wäre sie die fremde Frau, die sie vor zwölf Stunden gewesen war, die sie immer noch war, aber es war nur ein Gedankenexperiment, nichts Wirkliches. Er setzte sich neben sie und schwieg.
Müde? Er schüttelte den Kopf.
Und du? Statt einer Antwort legte sie ihren Kopf in seinen Schoß, er zog die Hände weg, um ihr Platz zu machen, als sie lag, wusste er nicht, was er mit ihnen tun sollte. Leg sie auf meinen Kopf. Er gehorchte. Zuerst fühlten sich seine Hände auf ihr an wie zwei Fremdkörper, zu groß, zu schwer, aber dann spürte er ihre Haare, sie waren ganz fein, flaumig, wie bei einem jungen Tier. Er betrachtete ihre kleine knorpelige Ohrmuschel, die dazwischen hervorschaute, sie sah irgendwie verletzlich aus, er deckte sie mit einer Hand zu, die Finger der anderen Hand bewegten sich in ihren Haaren ohne sein Zutun, ebenfalls wie ein Tier, wie viele kleine Tiere, sie fühlten sich lebendig an. Sie fuhren durch die Stadt, draußen wurde es langsam hell, er vergaß auszusteigen, als er es bemerkte, war es zu spät und das Mädchen auf seinem Schoß war eingeschlafen.

Rembrandt war kein Romantiker, trotz seines Namens, den hatte ihm seine Mutter gegeben, als er acht Jahre alt war. Er hatte gemalt und gemalt, morgens vor der Schule, nachmittags, wenn er mit seinen Hausaufgaben fertig war und vor allem nachts, wenn seine Mutter und seine Geschwister schon schliefen, mit einer winzigen Lampe, seinem Nachtlicht, das er zum Schlafen nicht mehr benutzte. Mein kleiner Rembrandt, sagte seine Mutter und strich ihm über den Kopf, seine kleine Schwester schnappte den Namen auf und wiederholte ihn unablässig. Rembrandt, das ist gut, lachte sein Schulfreund Karl, als er zum ersten Mal hörte, wie seine Mutter ihn rief, da waren sie elf oder zwölf, das Alter, in dem Spitznamen an einem kleben bleiben wie schnelltrocknender Kleister. Später ging er ins Museum und sah sich Rembrandts Bilder an, ihn faszinierte die tiefe Dunkelheit, das beredte Schwarz, aus dem seine Gesichter und Gegenstände hervorleuchteten. Er versetzte seine Armbanduhr, den Walkman und das Aquarium mit den Neonfischen, kaufte sich Leinwand und Farben und malte seine eigene Dunkelheit, die bevölkert war von seltsamen Tiergestalten, dreiköpfigen Hunden, geflügelten Echsen, Insekten mit riesigen Augen und zu vielen Beinen. Er kam nie auf die Idee, eine Akademie zu besuchen, er hatte nicht das Gefühl, dass er Zeit dazu hatte. Nach der Schule fing er sofort an, ganztags zu arbeiten, zunächst in einer Konditorei, wo sie ihn bald wieder hinauswarfen, weil er zu stark nach Farbe und Terpentin roch. Danach begann er, regelmäßig zu duschen und zu rauchen, er arbeitete hintereinander in einem Schnitzelimbiss, in der Firmenkantine einer

Computerfirma und der Cafeteria eines Krankenhauses, aber am Tag zu arbeiten deprimierte ihn. Er malte in der Nacht und schlief das ganze Wochenende, er bekam Krämpfe und Zuckungen in den Waden und verwechselte die Menüpläne, weil er nicht wusste, was für ein Wochentag gerade war. Mit einundzwanzig kam er ins *Donau*, über einen Kollegen aus der Krankenhauscafeteria. In drei Nächten pro Woche verdiente er soviel wie davor an fünf Tagen, es blieben ihm vier ganze Nächte zum Malen und er konnte jeden einzelnen Tag durchschlafen.

Julie hielt ihn für ein Genie. Vor ein paar Monaten war sie zum ersten Mal im *Donau* aufgetaucht und danach jeden Abend, wenn er Dienst hatte. Geduldig hatte sie gewartet, bis alle Gläser sauber, die Tische abgewischt, die Lichter gelöscht waren und dann hatte sie ihn mit nach Hause genommen. Rembrandt hatte sich nicht gewehrt, sein Heimweg war lang, er mochte ihren Geruch, der so ganz anders war als sein eigener, warm und würzig, sie liebten sich, bis es hell war und dann schlief er ein, Julie ging auf Zehenspitzen umher, um ihn nicht zu wecken.
Irgendwann hatte sie angefangen, ihn nachts zu besuchen, wenn er malte. Sie saß schüchtern, beinahe ehrfürchtig auf dem einzigen Stuhl den er besaß und sah ihm zu, stundenlang, manchmal legte sie sich aufs Bett und schlief ein, gegen morgen legte er sich zu ihr, wenn er aufwachte, war sie weg. Aber sie kam wieder, am späten

Nachmittag, sie brachte Frühstück, frische Semmeln und Croissants, die er meist nicht anrührte, und sprach mit ihm. Sie sagte, er sei ein großer Künstler und verdiene Beachtung. Von wem? fragte Rembrandt. Von der Öffentlichkeit, der Kunstszene, sagte Julie. Rembrandt kannte niemanden aus der Kunstszene, die Öffentlichkeit waren für ihn die Menschen im Bus und in der U-Bahn. Sicher wäre es leicht, eine Galerie zu finden, die seine Bilder ausstellte, meinte Julie, und bald würde er nicht mehr hinter der Theke stehen müssen.

Ich stehe gerne hinter der Theke. Ich muss da stehen, sonst werde ich verrückt.

Du wirst verrückt, wenn du noch länger jede Nacht durcharbeitest. Es ist ungesund, der Organismus braucht Tageslicht. Was du brauchst, ist ein helles Atelier.

Was ich brauche, ist die Nacht, die Dunkelheit, das dunkle Blau und das Schwarz, sonst höre ich auf zu leuchten, dachte Rembrandt. Vielleicht funktioniert mein Organismus anders, sagte er, ich fühle mich wohl. Und dann seufzte Julie, und dieses Seufzen legte sich ihm auf die Seele wie ein staubiger Belag, der immer dicker und dicker wurde mit jedem Seufzen, es nistete sich ein in sein Leben, irgendwann konnte er sich nicht mehr erinnern, wie es davor gewesen war, ohne dieses Seufzen.

Einmal rief sie abends an und sagte betont beiläufig: In einer Stunde sind wir zum Essen eingeladen, bei Diane und Rupert, ich hole dich mit dem Auto ab. Er sagte: Wir? Ich kenne die beiden doch gar nicht, als er es ausgesprochen hatte, wusste er, dass sie gleich wieder seufzen würde, sie verkniff es sich, er hörte es trotzdem. Sie sind meine Freunde, sagte Julie geduldig, sie möchten dich kennen lernen. Nur weil wir miteinander schlafen, wollte er sagen, aber er sagte es nicht. Im Auto saß er steif neben Julie, rauchte ununterbrochen, er hatte das Gefühl, in eine Falle gegangen zu sein, wie ein Tier, das man in einen Käfig gelockt hat, um es in den Zoo zu bringen. Diane und Rupert wohnten in einem großen Loft direkt unter dem Dach, Rembrandt war noch nie in einer solchen Wohnung gewesen. Es gab einen langen, antik aussehenden Holztisch mit dazupassenden Sesseln rundherum, in einem Eck standen zwei riesige Sofas, über einem davon hing ein gewaltiges Ölbild in kräftigen Farben, auf dem zwei nackte Frauen zu sehen waren, die sich umarmten, ein Bild von Rupert, wie Diane erklärte, aus seiner frühen, gegenständlichen Phase, sagte sie voller Bewunderung. Rupert kam mit einer Platte kleiner gerösteter Brötchen aus der Küche, er trug Jeans und einen schwarzen Rollkragenpullover, er begrüßte Rembrandt mit lauter, volltönender Stimme: Du malst auch, habe ich gehört. Julie sagt, du machst fantastische Sachen. Ich male Tiere, nur Tiere, sagte Rembrandt, Julie wechselte Blicke mit Diane, er wusste nicht, wohin mit sich, mit seinem Körper. Das Essen strengte ihn an, er war es nicht gewohnt, um diese Zeit zu essen. Aus Verlegenheit trank er zuviel Wein, ihm wurde übel, er entschuldigte sich und ging ins

Bad. Er steckte seinen Kopf unters kalte Wasser und dachte, dass er jetzt zu Hause sein und malen könnte, er könnte Kevin Coyne hören, leise mitsummen und dabei arbeiten, er vermisste die Ruhe, die Konzentration, sie erschien ihm mühelos im Vergleich zu dem hier. Als er zurückkam, fragte ihn Diane, wie er zu seinem Namen gekommen war, ob er sich Rembrandt verwandt fühle, er sagte: Über Rembrandt weiß ich nicht viel. Ich habe schon immer gemalt, das ist alles.

Du hast dich überhaupt nicht für seine Bilder interessiert, sagte Julie später, als sie nach Hause fuhren. Was für Bilder? fragte Rembrandt zerstreut, Ruperts Bilder! sagte Julie laut, Rembrandt machte Ah ja. Er hätte dir sicher gern noch mehr gezeigt. Ich glaube, es hat ihn gekränkt, dass du nichts von ihm sehen wolltest. Rembrandt sah sie erstaunt an. Aber warum? Sie seufzte.
In dieser Nacht blieb sie nicht bei ihm, Rembrandt versuchte zu malen, aber er war zu betrunken, die Farben gehorchten ihm nicht. Er hätte gerne mit Julie geschlafen, plötzlich fühlte er sich einsam, er wusste nicht, warum. Er setzte sich auf den Stuhl, auf dem sie immer saß, wenn er malte, er stellte sich vor, was sie von dort aus sah, seinen gerade aufgerichteten Rücken über dem einbeinigen Hocker und davor die Leinwand auf der Staffelei, angestrahlt von dem 500 Watt-Scheinwerfer, den er sich um sein erstes Gehalt gekauft hatte, warum saß sie da? Er betrachtete das Bild, an dem er gerade arbeitete, ein Phönix

mit beängstigend großen Schwingen und einem merkwürdigen, kleinen Kopf, sein starrer Blick kam von der Seite und war prüfend auf den Betrachter gerichtet. Rembrandt suchte etwas auf dem Bild, zuerst wusste er nicht genau, was er suchte, dann, als die Kontur des gegenüberliegenden Hauses vor dem heller werdenden Himmel sichtbar wurde, fiel es ihm ein. Er suchte nach Julies Seufzen, er dachte, es müsse auf dem Bild zu sehen sein, *irgendetwas* von Julie müsse zu sehen sein, aber da war nichts. Lange blieb er noch so sitzen, die Sonne stieg langsam über das Dach, er beobachtete, wie der Phönix im Tageslicht verblasste, dann erst legte er sich schlafen.

Rembrandt stand an der Busstation und wartete. Er hatte angefangen, jeden Bus nach ihr abzusuchen, schon bevor er einstieg, ging er von hinten nach vorne den ganzen Bus ab und überprüfte die Fensterplätze, unschlüssig, ob er fürchtete oder wünschte, ihr wiederzubegegnen. Er stieg vorne ein, quetschte sich hastig durch den Mittelgang, Entschuldigungen vor sich hinmurmelnd, bei der hintersten Tür stieg er wieder aus, weil er sie nirgends hatte entdecken können. Er ließ den Bus davonfahren, mit dem Gefühl, die Kontrolle über etwas verloren zu haben, vielleicht wollte er es so. Vor drei Tagen war er mit ihrem Kopf im Schoß durch die morgendliche Stadt gefahren, er hatte ihren Schlaf bewacht bis zur Endstation, dort war sie hochgeschreckt, aufgesprungen und davongerannt, aus dem Bus und die Straße hinunter, völlig kopflos, ihre Gestalt hatte sich bald zwischen den Häusern und Menschen verloren, aufgelöst im Dunst der Abgase, wieder war er sich der Realität ihrer Erscheinung unsicher gewesen. Seither hatte er sie nicht mehr gesehen, er war zu Fuß gegangen, um das Busfahren zu vermeiden, war einmal drei und ein anderes Mal fünf Runden hintereinander mit dem Nachtbus gefahren, erst bei Betriebsschluss war er ausgestiegen, den misstrauischen Blick des Fahrers im Rücken. Als der nächste Bus kam, stieg er ein und setzte sich irgendwohin, ohne nach ihr Ausschau zu halten. Er schloss die Augen und dachte an ihren Nacken, wie er vor ihm lag, weiß und schutzlos, der wirre Haarknoten darüber wie ein Vogelnest, als er die Augen öffnete, saß sie in der Reihe vor ihm wie ein Nachbild, offensichtlich las sie wieder, ihr Nacken war gebeugt, eine Hand spielte mit dem Haarknoten. Rembrandt starrte auf ihre Finger, die sich langsam, wie in Zeitlupe bewegten, eine Haarsträhne löste sich aus dem Knoten, sie tastete danach und wickelte sie um den Zeigefinger. Rembrandt hatte das Gefühl, sie könne seinen Atem auf ihrem Hals spüren, mehr noch als seinen Blick. Er dachte, er könnte es keine Sekunde länger ertragen, nicht zu wissen, wie sie hieß, er beugte sich vor und hob die Hand, er wollte sie an der Schulter berühren, da drehte sie sich um, ihr Gesicht vielleicht dreißig Zentimeter entfernt von seinem, sie sagte: Ich bin Mia, und du? als wären sie zwölf und lernten sich auf einem Ferienlager kennen. Rembrandt, sagte Rembrandt, noch

nie war ihm dieser Name so fremd gewesen. Mia lächelte und gab dabei einen kleinen Laut von sich, bei dem sie Luft durch die Nase blies.
Ich male gern, sagte Rembrandt, weil er es so gewohnt war, Mia sagte: Ich fahre gerne mit dem Bus, sie mussten beide lachen, Rembrandt sagte: Und du liest, Mia hob ihr Buch und hielt es so, dass ihre beiden Gesichter dahinter verschwanden.
Nur, damit mich keiner anquatscht, flüsterte sie. Er nickte. Eine Frau mit einem spitzen Mausgesicht und hervorquellenden Augen, die auf der anderen Seite des Mittelganges saß, sah neugierig zu ihnen herüber, offenbar versuchte sie, etwas von ihrer geflüsterten Unterhaltung aufzuschnappen, dabei reckte sie den faltigen Hals und schob den Kopf nach vorne wie ein Huhn. Mia streckte ihr die Zunge heraus. Rembrandt fürchtete, das Gespräch könnte abreißen, nur wenn Mia sprach, war er sicher, dass es sie wirklich gab. Arbeitest du auch in der Nacht? Mia schaute ihn groß an und schüttelte stumm den Kopf, er verfluchte, dass ihm nichts Besseres eingefallen war. Dann könntest du mich ja mal besuchen, im *Donau*, das ist die Bar, in der ich arbeite, weißt du noch? Ich meine, nur, wenn du Lust hast natürlich, das Lokal ist eigentlich ganz okay ... Vielleicht, unterbrach ihn Mia, sie sah woanders hin, wirkte abwesend, angespannt. Rembrandt war froh, dass sie seinen Redefluss gestoppt hatte, er kam sich unerträglich geschwätzig vor. Plötzlich packte sie ihn am Handgelenk. Wie viel Zeit hast du? Er sagte: Eigent-

lich keine, sie ließ ihn los, er rieb sich das Handgelenk. Naja, vielleicht eine halbe Stunde oder so, was willst du tun? Nichts, Mia stand auf und ging zur Tür, der Bus hielt in einer Station, Rembrandt erwischte sie am Ärmel. Das stimmt nicht, sagte er, sie drehte sich um und lächelte. Stimmt, dass es nicht stimmt. Ich komme mit, sagte Rembrandt, Mia setzte sich wieder und sie fuhren weiter, immer weiter, bis es vollständig dunkel war.

In den nächsten drei Wochen fuhr Rembrandt jeden Abend zwei Stunden lang mit dem Bus, auch an den Tagen, an denen er nicht ins *Donau* musste. Mia saß neben ihm und erzählte ihm von den Menschen, die ein- und ausstiegen, manche sahen sie jeden Tag, andere nur dienstags und donnerstags oder nur am Sonntag. Da war die alte Mendelsohn mit ihrem Hund, ein kleiner Rauhaardackel, dessen Bauch fast bis zum Boden durchhing und der ebenso alt zu sein schien wie seine Besitzerin. Sie trug jeden Tag dieselben Kleider, stieg pünktlich um halb sieben an der Station Kahlenbergerdorf ein, setzte sich direkt hinter den Fahrer und redete auf ihn ein, bis sie den Bus am Kierlinger Bahnhof wieder verließ, daher wusste Mia, wie sie hieß. Sie wusste auch, dass Frau Mendelsohn im Kahlenbergerdorf ihre Schwester besuchte, die an schwerer Arthritis litt, seit Monaten ans Bett gefesselt und außerdem halb blind war. Die alte Mendelsohn las ihr jeden Nachmittag aus der Zeitung vor. Es gab einen unglaublich dicken Mann mit Glatze, der schwer atmend

und mit einer blauen Arbeitshose bekleidet um zehn nach sechs an der U-Bahn-Station Heiligenstadt den Bus bestieg und tagtäglich während der Fahrt zwei Leberkässemmeln aß. Eine lärmende Schar von Mädchen, übertrieben geschminkt und herausgeputzt, die am Samstagabend Richtung Stadt fuhren, sich nie setzten, sondern, von den schlingernden Bewegungen des Busses hin- und hergeworfen, im Mittelgang standen. Alle hatten kleine Kopfhörerstöpsel in den Ohren und schrien sich gegenseitig an. Rembrandt glaubte, einige der Leute schon früher flüchtig bemerkt zu haben, doch hatte er nicht auf sie geachtet.
Mia zeigte ihm auch Dinge, die er noch nie gesehen hatte, obwohl er die Strecke schon lange kannte: Ein kleiner Balkon an einem Haus, auf dem ein verblichener Sonnenschirm aufgespannt war, egal, ob es regnete oder die Sonne schien. Mia sagte, er stehe auch im Winter da und wenn es schneite, bekäme er eine weiße Haube. Die lila Leuchtreklame über einem Feinkostgeschäft, bei der das k kaputt war, Fein ost stand dort jetzt schon seit über einem halben Jahr, Rembrandt war es nie aufgefallen. Mia sagte, sie überlege immer, was für Buchstaben man statt dem k einfügen könne und welche Worte dabei herauskämen, Feinmost, Feinpost, Feinrost, sie lachte, Rembrandt mochte ihr Lachen, es war so hell wie ihre Augen, ihr Haar. Rembrandt erzählte ihr von den Bildern, die er malte, er wusste nicht, was er ihr sonst hätte erzählen sollen. Er beschrieb die Tiere, die Farben, die Nacht, die sie umgab, immer, sie hörte

ihm zu, den Kopf leicht zur Seite geneigt, sah dabei aus dem Fenster, fragte nie etwas. Anfangs hatte er geglaubt, sie würde irgendwann aussteigen, ihn auffordern, mit ihr zu kommen, ihn vielleicht mit nach Hause nehmen, wie Julie es getan hatte, doch das schien sie nicht zu wollen. Immer war er es, der ausstieg, weil er zur Arbeit musste, ins *Donau* oder nach Hause. Sie blieb im Bus zurück, ein wenig verloren, irgendwie zu klein in ihrem Sitz, zu klein für die Nacht, sie winkte nicht.

Julie stand nackt in seinem Zimmer, die Haare offen, Schweiß stand ihr auf der Stirn, sie war wütend. Sie war oft wütend in letzter Zeit, das Seufzen hatte sich verändert, es war nicht mehr leise und resigniert, es kam kurz und stoßweise, ihre Lippen schmal und zusammengepresst. Rembrandt verstand ihre Wut nicht, er fühlte sich unfähig, sie zu besänftigen, wusste nicht, wie er reagieren sollte.
Warum kannst du nicht eine einzige Nacht bei mir im Bett bleiben, sagte sie mit bebender Stimme, eine einzige verdammte Nacht?
Weil ich malen muss. Es war fast Morgen, er war müde und wollte gerade seine Pinsel auswaschen. Julie begann im Zimmer umherzugehen, sie hatte einen schweren Schritt, die Staffelei zitterte.
Aber warum immer nachts, jede Nacht, immer, immer, Julie gestikulierte mit beiden Händen, im Takt ihrer Worte. Nie gehst du irgendwo hin, du sprichst nicht mit Menschen, du hast keine

Freunde, nur deinen Job und deine Bilder, diese, diese, sie deutete auf die Leinwand, diese Viecher, sonst nichts, es ist krank, ja, krankhaft ist das. Sie blieb stehen und sah ihn an, Furcht und Verzweiflung im Gesicht, die Arme baumelten kraftlos an ihr herunter. Rembrandt tauchte einen großen Pinsel in Terpentin.

Ich bin nicht krank, sagte er ruhig, ich bin Maler. Ich bin zufrieden so wie es ist. Und ich *spreche* mit Menschen. Ich spreche mit *dir*. Er wandte sich zu ihr um, sie starrte ihn mit geweiteten Augen an, als wäre er ein völlig fremdes Wesen, eines der Tiere, die er malte, ein fliegender Fisch, ein Wolf mit dem Kopf eines Geiers. Er ging zu ihr und umarmte sie, ihr war kalt, er konnte ihre Gänsehaut spüren.

Früher hast du meine Viecher gemocht, sagte er leise, und Rupert hast du erzählt, sie wären menschlicher als viele Portraits. Er spürte, wie ihre Tränen an seinem Hals hinunterliefen, lautlos.

Komm, lass uns ins Bett gehen. Aber sie machte sich los und schüttelte den Kopf. Sie wischte sich mit dem Handrücken die Tränen ab und begann, sich anzuziehen.

Ich bin nicht müde, sagte sie trotzig. *Ich* habe geschlafen. Da draußen wird es gerade Tag, weißt du das? Die *Sonne* geht auf, und ich will sie *sehen*. Rembrandt saß wieder auf seinem Hocker und schaute ihr zu, wie sie ihre Sachen zusammensuchte, ihr Buch, ihre Schlüssel, wie sie ihre Schuhe anzog und die Jacke. Als sie schon halb aus der Tür war, die Hand noch auf der Klinke, rief er sie. Julie steckte ihren Kopf durch den Türspalt. Glaubst du, es gibt eine Galerie, die nur nachts offen hält? fragte er sie. Eine lange Sekunde sahen sie sich an und Rembrandt glaubte schon, sie würde lächeln, dann knallte sie die Tür zu und ihre Schritte verhallten im Treppenhaus.

Als Mia nicht im Bus saß, glaubte Rembrandt, er habe sich in der Zeit geirrt. Er trug keine Uhr, und die Bahnhofsuhr war kaputt, seit fünf Tagen war es dreiviertel neun. Er wartete auf den nächsten Bus und auf den übernächsten, dann stieg er ein und fuhr zwei oder drei Runden, aber sie kam nicht. Er sah die alte Mendelsohn und den dicken Mann mit den Leberkässemmeln, der Sonnenschirm war aufgespannt und durchnässt vom Regen, die Farben dadurch etwas deutlicher, lila und hellblau und pistaziengrün, das Wasser tropfte von den Spitzen. Er sah trostlos aus, fand Rembrandt, nicht weil es regnete oder weil der Schirm alt und zwei Streben geknickt waren, sondern weil sonst niemand da war, der ihn sah, eine Empfindung, die Rembrandt überraschte. Er hatte den Eindruck, auf einer Falltür zu stehen, darunter ein Hohlraum, den er noch nie wahrgenommen hatte. Wahrscheinlich hatte er bisher gar nicht existiert, war unbemerkt entstanden, während er mit dem Bus gefahren war, Mia zugehört, Julie zugehört, in fremden Wohnungen gesessen hatte.
Später im *Donau* war er fahrig und unkonzentriert, er ließ ein Glas Bier und eine Flasche Mineralwasser fallen, schnitt sich, als er die Scherben

zusammenklaubte, vergaß mehrere Bestellungen. Nesrin verdrehte die Augen. Er war froh, als Julie mit ein paar Freunden kam, obwohl sie ihm ständig vorwurfsvolle Blicke zuwarf, ihr Vorwurf war ihm angenehm vertraut. Er fühlte sich fremd in seinem eigenen Leben, was immer das genau hieß. Die ganze Zeit dachte er darüber nach, warum Mia nicht im Bus gesessen hatte, war sie krank oder verreist, hatte sie ihre Familie besucht, eine neue Arbeit angenommen? Er wusste nicht, was sie tat, wenn sie nicht mit dem Bus fuhr, er hatte sich nicht nochmals zu fragen getraut.
Julie ging um zwei nach Hause, sie sagte, wenn er wolle, könne er nach der Arbeit bei ihr läuten, sie würde ihn schon hören, er sagte: Ich komme, aber als er aus dem Lokal kam, dachte er, vielleicht sitzt sie im Nachtbus. Sie saß nicht im Nachtbus.
Sie saß auch am nächsten Abend nicht im Bus und tags darauf auch nicht. Sie hatte ihn vergessen, war ausgewandert, hatte einen Mann kennen gelernt, vielleicht einen, der seine Nächte damit verbrachte, an einem Roman zu schreiben, tagsüber schlief, und den sie deshalb nur in den zwei Stunden sehen konnte, in denen sie bisher mit ihm Bus gefahren war. Dieser Gedanke erstaunte ihn, er hatte noch nie darüber nachgedacht, ob es vielleicht noch mehr Menschen gab, die so lebten wie er, immer war er sicher gewesen, einzigartig zu sein.
Nach einer Woche fing er an, sich gezielt ihr Gesicht in Erinnerung zu rufen, er fürchtete, ihre Züge könnten sich verlieren in der grausamen

Unaufhaltsamkeit der Tage und Nächte. Er tat es, bevor er einschlief, während er Julie im Arm hielt, er konzentrierte sich dabei auf einzelne Details, die winzig kleine Narbe auf ihrem Kinn, die leichte Biegung der Nase, die Farbe der Augenbrauen, heller noch als ihre Haare, fast weiß, die Beschaffenheit ihrer Haut, dünn und durchscheinend. Manchmal fragte Julie: Woran denkst du? Rembrandt sagte wie immer: An nichts, oder: An mein neues Bild, aber es gab kein neues Bild. Seit einer Woche war der Phönix mehr oder weniger fertig, Rembrandt saß davor, setzte hier und dort noch einen Tupfer Farbe auf die Leinwand, ohne Überzeugung. Er konnte sich nicht entschließen, das Bild abzunehmen, es gegen die Wand zu lehnen, zum ersten Mal seit Jahren wusste er nicht, was er als Nächstes malen sollte. Er fürchtete sich, vor einer leeren Leinwand zu sitzen und an Mia zu denken.

Als er sie nach zwei Wochen das erste Mal wiedersah, erschrak er so sehr, dass sie es merken musste, später tat ihm das unendlich Leid. Sie war bleich und irgendwie aufgedunsen, als hätte man Wasser in sie eingefüllt wie in einen Ballon. Am rechten Arm trug sie einen Verband, sie habe sich beim Kochen verbrannt, sagte sie, Rembrandt konnte sich eine kochende Mia nicht vorstellen. Sie schwitzte, obwohl es nicht heiß war, ein warmer Tag im April, achtzehn Grad oder vielleicht zwanzig maximal, es war bewölkt und leicht windig, Schweißperlen sammelten sich auf ihrer

Oberlippe, sie leckte sie mit einer schnellen, verlegenen Bewegung ihrer Zunge weg. Sie sprach leise, erkundigte sich nach seinen Bildern, er sagte: Nichts Neues, immer noch der Phönix, sie lächelte, ihr Lächeln war eine Karikatur. Sie stieg mit ihm gemeinsam an der U-Bahn aus, sagte, sie müsse nach Hause und verschwand rasch aus seinem Blickfeld, das Grau der Straße sog sie auf wie ein Löschblatt.

Rembrandt ging zur U-Bahn und kaufte sich unterwegs ein Sandwich, die U-Bahn-Station kam ihm hässlicher vor als sonst, hässlich und zweckmäßig, er selbst fühlte sich nutzlos. Er arbeitete die ganze Nacht wie in Trance, es war Freitag, das Lokal knallvoll, doch nichts in ihm war still, der Hohlraum hatte sich gefüllt mit flüsternden Stimmen, er konnte sie durch die Falltür hindurch hören, nicht aber verstehen. Julie war seit drei Tagen nicht mehr hiergewesen, gestern hatten sie telefoniert, sie hatte nicht ein einziges Mal geseufzt, Rembrandt glaubte, sie habe angefangen, ihn zu verlassen. Letzte Woche hatte es einen Streit gegeben, als er gesagt hatte, er käme und dann doch nicht kam, sie war außer sich geraten, ihr schreiender Mund war auch in dem Hohlraum, ihr verzerrtes Gesicht. Nesrin fragte ihn, ob alles in Ordnung sei, sonst fiel ihr nie etwas auf, bei niemandem.

Um fünf Uhr morgens war er todmüde, völlig erschöpft, er wollte nach Hause, doch in der U-Bahn bekam er Angst, vor dem Bus, dem Phönix, seinem leeren Bett, vor der Sonne. In

Heiligenstadt setzte er sich an einen der Tische, die vor dem Bahnhofscafé im Freien standen, er trank eine Melange, rauchte und wartete. Er ließ vier Busse davonfahren, dann sah er sie kommen. Sie ging schnell, aber nicht leichtfüßig, wie auf Schienen, sie sah vor sich auf den Boden, nicht links, nicht rechts. Instinktiv wandte er sich ab, als sie näher kam, er schämte sich dafür, ohne zu wissen, warum. Sie stieg in den Bus und setzte sich hinter den Fahrer, wie die alte Mendelsohn. Rembrandt kämpfte gegen den Impuls, sofort aufzuspringen und zum Bus zu laufen, wegzulaufen. Er konnte jetzt einfach sitzen bleiben und warten, bis es vorbei war, dieses Zerren, das ihn durcheinander brachte, ihn vom Malen abhielt, vom Schlafen, aber er hatte nicht das Gefühl, soviel Zeit zu haben.

Er legte das Geld für den Kaffee auf den Tisch und ging zum Bus, ganz hinten stieg er ein und setzte sich in der letzten Reihe ans Fenster, er wünschte, er hätte ein Buch. Der Busmotor brummte unter ihm, sie fuhren unter der Autobahn durch und die *Donau* entlang, das warme Morgenlicht tauchte die Boote an den Anlegern in ein leuchtendes hellorange, ein Schlepper mit ungarischer Fahne quälte sich mühsam flussaufwärts. Rembrandt entdeckte zwei Radfahrer auf dem Donauuferradweg, sie schienen ein Wettrennen zu veranstalten, bald war der eine weiter vorne, bald der andere, ihre Schatten waren lang und scharf in den Konturen, wie Scherenschnitte. Als der Bus beschleunigte, verlor er sie aus den Augen, an der nächsten

Ampel zogen sie wieder an ihm vorbei, dann verschwanden sie hinter der grünen Schallabschirmung der Schnellstraße.
Rembrandt schloss die Augen, er spürte die Müdigkeit wie eine gallertartige Masse in seinen Gliedern, er glaubte, noch nie in seinem Leben so müde gewesen zu sein. Wenn er jetzt nachgab, würde er einschlafen, seine Station verpassen, vielleicht würde sie ihn entdecken, an der Endstation, wenn niemand anderer mehr im Bus war, wollte er das? Er sah den Phönix, wie er sich aus dem Bild heraus auf ihn zu bewegte, er löste sich aus dem dunklen, pastosen Hintergrund, wurde dreidimensional, blies sich auf, er breitete seine riesigen Flügel aus und flog direkt auf ihn zu. Rembrandt zog den Kopf ein und hob schützend die Arme, der Phönix rauschte über ihn hinweg, ein Wirbel aus Karmesin und Ultramarin und Gold. Rembrandt drehte sich um und öffnete die Augen, um zu sehen, wohin er flog, doch da war nur die Straße, die sich zwischen den letzten Häusern von Kierling dahinzog, das Licht auf dem Asphalt war so hell, dass er die Augen zusammenkneifen musste, um überhaupt etwas zu sehen. Der Fahrer sagte mit gelangweilter Stimme: Gugging, Donauklinikum in sein Mikrofon, Mia stand auf und ging zur Tür. Rembrandt duckte sich hinter den großen Mann, der vor ihm saß und beobachtete, wie sie ausstieg, zwei Leute stiegen ein, die Türen klappten zu. Rembrandt stürzte nach vorne und trommelte gegen die Tür, der Fahrer schüttelte den Kopf und die Tür klappte wieder auf.

Als er auf der Straße stand, sah er, wie Mia am Portierhäuschen des Krankenhauses vorbeiging, beide Hände in den Taschen ihrer Jeansjacke vergraben. Er folgte ihr in einigem Abstand, angezogen von ihrer kleinen, hellen Gestalt, er dachte nicht darüber nach. Sie passierten ein wuchtiges, altes Gebäude, blassgelb gestrichen, die Fenster weiß umrahmt, *Zentralgebäude* stand auf dem Hinweisschild, und darunter: *Gerontopsychiatrie*. Der Weg stieg ein wenig an, rechts war eine kleine Brücke zu sehen, jenseits davon mehrere kleine Gebäude, die wie normale Wohnhäuser aussahen. Es war sehr still, eine seltsame, aber friedvolle Stille, die er zu kennen glaubte, obwohl er noch nie hiergewesen war. Ein kahlköpfiger Mann kam ihnen entgegen, er führte unaufhörlich eine Zigarette zum Mund, ohne an ihr zu ziehen, der Mann grüßte, Rembrandt war unfähig, seinen Gruß zu erwidern. Links tauchte ein langgestreckter, niedriger Bau aus den Siebzigern auf, mit krankenhausgrünen Fensterläden und einer dieser Fassaden, die aus lauter kleinen, runden Kieselsteinen zu bestehen schienen. Über dem Eingang las Rembrandt: *Psychiatrische Aufnahmeabteilungen*, dort verschwand Mia hinter einer Glastür. Rembrandt blieb stehen und schwankte, die Falltür öffnete sich und er fiel. Er fiel ins Nichts, er spürte kein Gewicht, fast war es eine Erleichterung. Er bewegte seine Füße, aber da war kein Boden, kein Weg. Die Glastür kam auf ihn zu, er ging hindurch und stand im Foyer, ein niedriger Tisch, ein abgewetztes Sofa und einige Sessel, darauf Leute in Pyjamas und

Schlafmänteln, die rauchten, von irgendwoher kam Musik aus einem Radio. Eine junge Schwester mit dunklen, halblangen Haaren und hübschem Gesicht kam aus einer Tür und durchquerte den Raum, als sie ihn bemerkte, blieb sie stehen und fragte freundlich lächelnd: Kann ich ihnen helfen? Rembrandt dachte, es wäre schön, von ihr ein Pyjama und einen Schlafmantel zu bekommen, er wollte sich gerne zu den anderen setzen und rauchen.

Diese Frau, begann er zögernd und sah sich suchend um, diese blonde Frau, die gerade hier hereingekommen ist ... Er brach ab, unschlüssig, was er eigentlich wissen wollte, ob er es wissen wollte.

Meinen sie Frau Horvath?

Mia, sagte Rembrandt mühsam, es war ihm eine große Anstrengung, ihren Namen auszusprechen.

Ja, Mia Horvath, was ist mit ihr? die Schwester sah ihn von der Seite an, ihr Lächeln beunruhigte ihn.

Ist sie eine ... Insassin, hatte Rembrandt sagen wollen, aber es war das falsche Wort, das richtige wollte ihm nicht einfallen. Warum ist sie hier?

Das Lächeln der Schwester erstarb.

Sind sie ein Angehöriger, erkundigte sie sich in geschäftsmäßigem Ton, ihr Blick war jetzt misstrauisch.

Nein, nur ein Freund. War er das? Und warum *nur*? Ein Bekannter, sagte er und dachte, nein, auch das stimmt nicht. Die Schwester richtete sich auf, straffte ihren Oberkörper.

Dann darf ich ihnen keine Auskünfte geben. Sie müssen ein Angehöriger sein oder die schriftliche Einverständniserklärung eines Angehörigen haben, um Informationen zu bekommen, leierte sie herunter. Rembrandt wandte sich zum Gehen. Es tut mir Leid, sagte sie, als er schon an der Tür war, Rembrandt wusste nicht, was sie meinte. Draußen wandte er sich nach links, ging den Weg weiter, den er gekommen war. Er führte in Serpentinen bergauf, an der Hinterseite des Gebäudes vorbei, hohe Bäume zu beiden Seiten, es war windstill, die Sonne gewann an Kraft und wärmte seinen Rücken. Ein Stück weiter oben lag eine Kapelle, ganz in Weiß, ein weiteres großes Haus, schmucklos und ohne Hinweis auf seine Funktion, dann ein blaues Schild: *Haus der Künstler*. In einer Senke vor ihm lag es, die Fassade übersät mit Malereien und Buchstaben. Rembrandt ging langsam, sorgfältig einen Fuß vor den anderen setzend, bis er direkt davor stand. Er musste die Augen schließen, die Farben blendeten ihn, es war so hell, aber er wollte sehen, also machte er die Augen wieder auf. Er sah zwei einander ähnliche, kastenförmige Frauengestalten. Er sah einige kriegerische Männerfiguren mit gefletschten Zähnen oder grinsenden Fratzen, einer hatte eine Krone auf dem Kopf. Er sah auch Tiere: Zwei Kühe, eine Giraffe, eine ganze Reihe von Marienkäfern, Raupen und Schmetterlingen, immer wieder Schlangen, Fische und mehrere Vögel. Er legte den Kopf in den Nacken und sah, dass das gesamte obere Stockwerk ein Himmel war, mit

Sternen und wie mit dem Zirkel gemalten Sonnen, weißen Wolken und Monden, die Gesichter hatten und Knollennasen, wie in den Bilderbüchern seiner Kindheit. Auch fielen ihm einige Darstellungen von Menschen auf, die nur aus runden, extrem komprimierten Formen bestanden, sodass sie ihn an seine kleine Schwester im Wickelpolster erinnerten, wie es ihr wohl ging? Er hatte lange nichts von ihr gehört. Zum Schluss entdeckte er ein Paar, die Haut der beiden war rot, ihre Beine übermäßig lang, sie hielten sich an den Händen und sie waren nackt. Ihr Anblick rührte Rembrandt, sie schienen einander so sehr zu brauchen, dann bemerkte er, dass die beiden noch einmal abgebildet waren, sie lagen links und rechts des Paares in Brusthöhe auf dem Rücken und bildeten mit ihm ein Kreuz, der Penis des Mannes ragte unbeholfen in die Luft. Rembrandt verspürte etwas, das sich anfühlte wie Bewegungsdrang, er wollte laufen, seine ganze Kraft in dieses Laufen pumpen, aber das war es nicht. Offenbar ging es nicht von seinem Körper aus, und es war anders als das, was er kannte: Die Notwendigkeit, auszuatmen, nachdem man zu lange die Luft angehalten hat. Er verspürte das überwältigende Bedürfnis, zu malen. Seine Hände sehnten sich so sehr nach dem Material, dass sie weh taten, er öffnete und schloss sie einige Male, um den Schmerz zu vertreiben. Ein Mann erschien an einem der Fenster im ersten Stock, er entdeckte Rembrandt, lächelte und winkte, Rembrandt hob die Hand und winkte zurück, dann machte er sich auf den Heimweg.

Im Bus saß die alte Mendelsohn in einem festlichen, dunkelblauen Kleid, das er noch nie an ihr gesehen hatte, er grüßte und setzte sich ans gegenüberliegende Fenster. Sie nickte ein paar Mal mit dem Kopf, lächelte zu ihm herüber und fragte: Wo ist denn heute ihre Freundin? Sie ist verreist. Verreist, wiederholte Frau Mendelsohn und fuhr fort zu nicken. Ich würde auch gerne noch einmal verreisen, sagte sie träumerisch, dann seufzte sie, anders als Julie, es klang nicht unzufrieden.
Am Kierlinger Bahnhof ging Rembrandt zu Ali hinüber und bestellte sich ein Schafkäsesandwich. Ali sah auf die Uhr. Bist du krank? Ich bin nicht krank. Ich bin Maler. Das weiß ich, sagte Ali unwirsch, aber es ist fast Mittag, normalerweise schläfst du um diese Zeit wie ein Murmeltier. Rembrandt nahm sein Sandwich entgegen und biss hinein. Was ist schon normal, sagte er, nachdem er gekaut und hinuntergeschluckt hatte.
Die Gassen waren jetzt fast ausgestorben, wie nachts, wenn er von der Arbeit nach Hause kam. Die kleine Garconniere, die er im Haus seiner Tante bewohnte, lag still und sonnendurchflutet da, das Zimmer kam ihm verwaist vor, die Matratze am Boden, die Stereoanlage, die Bücher und CDs, der Stuhl und die Staffelei, der Phönix hielt Wache über dem Nichts, man sah den Staub in den Sonnenstrahlen, er bewegte sich langsam und träge, ein mikroskopischer Tanz. Rembrandt nahm den Phönix und stellte ihn verkehrt herum an die Wand. Er holte eine Leinwand aus der begehbaren Garderobe, die ihm als Lager diente,

eine, auf die er ein paar Monate zuvor in mühevoller Arbeit Schicht um Schicht einen besonders schönen, fast schwarzen Grund aufgebracht hatte, ohne danach etwas daraus zu machen. Er zog sich nackt aus und fing an zu arbeiten. Er arbeitete den ganzen Tag wie besessen, die Sonne wanderte nach Westen, das Licht veränderte sich stetig, das Bild lebte wie ein Tier. Nach einigen Stunden begannen Mias Gesichtzüge allmählich vor dem dunklen Hintergrund sichtbar zu werden. Rembrandt achtete darauf, nichts wegzulassen zugunsten seiner Träume und Ängste, er malte sie so, dass ein Ohr zu sehen war und ein Teil ihres Haarknotens, eine Andeutung des Nackens. Als es Abend wurde, machte er kein Licht. Er setzte sich auf den Stuhl und betrachtete das Bild, erstaunt sah er, wie Mias helle Augen in der heraufziehenden Dämmerung leuchteten und schließlich, als der letzte Rest des Tages gegangen war, verblassten. Dann erst legte er sich schlafen.

Samanea saman

Es war kurz nach Weihnachten, als Miloš nach Brasilien ging.
Dass er wirklich ging, war ein Schock für mich. Er verfolgte mich in den ersten Tagen wie eine bösartig grinsende Fratze, die mich zu verhöhnen schien, mich und meine romantisierende Art, die Dinge zu betrachten, ihnen eine Farbe zu geben, die mir gefiel, sie zurechtzuschneidern, bis sie mir passten, bis ich sie tatsächlich so empfand, wie ich sie haben wollte. Die Tatsachen kümmerten mich wenig.
Miloš war gegangen, um das Anpassungsverhalten von Mikroorganismen in gerodeten Regenwaldgebieten zu untersuchen. Er erzählte mir davon, als wir uns das erste Mal trafen, mehr als ein Jahr vor seiner Abreise, in der tropischen Abteilung des Palmenhauses. Im Winter komme ich oft hierher, um mich aufzuwärmen und das Grün zu trinken wie andere Menschen Tee.
Es war am späten Nachmittag, draußen war es fast dunkel und die in den Büschen versteckten Scheinwerfer warfen ihr gelbes, unwirkliches Licht ins Dickicht. Wir standen nebeneinander vor einem Regenbaum, Samanea saman. Ich erinnere mich, dass ich hingerissen war vom Klang des lateinischen Namens. Sollte ich je eine Tochter haben, dachte ich, würde ich sie so nennen. Nach einer Weile sagte ich:

Er sieht so aus, wie er heißt, nicht?
Ich spreche oft Leute an, die ich nicht kenne, wegen des kostbaren Moments bevor man sich gegenseitig einordnet.
Da, wo er herkommt, sieht er ganz anders aus, sagte er, schon im Weitergehen.
An diesem Punkt hätte ich umkehren können, der magische Augenblick ist ja vorbei, wenn beide etwas gesagt haben. Doch seine Stimme brachte etwas in mir in Bewegung, Bilder, Erinnerungen, Dinge, die ich nicht verstand. Ich ging ihm nach. Ich ging einfach hinter ihm her, und als müsste er mir und sich selbst einen Grund dafür liefern, begann er, mir die Pflanzen vorzustellen, an denen wir vorbeikamen: Ficus lyrata, ein Feigenbaum aus dem tropischen Westafrika mit besonders großen Blättern, gleich daneben ein Brotfruchtbaum, lateinisch Artocarpus communis, eine wichtige Nutzpflanze der Tropen mit stärke- und zuckerreichen Früchten, hier links Cecropia palmata, der Ameisenbaum, der hohle Stamm wird von kleinen Ameisen bewohnt, daher der Name. Und hier gegenüber, Coffea arabica, die Kaffeepflanze, die ursprünglich aus dem tropischen Afrika stammt und erst später nach Arabien gebracht wurde … Je länger ich ihm folgte, umso mehr benahm er sich wie ein Führer, blieb stehen, drehte sich zu mir, um irgendetwas näher zu erläutern, nahm einzelne Blätter in die Hand und forderte mich auf, das Gleiche zu tun, um ihre Beschaffenheit zu fühlen, zeigte auf Blüten, um mich auf ihre Besonderheiten hinzuweisen, jedoch ohne mich anzusehen.

Noch heute höre ich, wenn ich an ihn denke, zu allererst seine Stimme, wie sie sich durch die klebrige, feuchtwarme Luft der Tropen zu mir fortpflanzt, und an manchen Tagen bin ich nicht sicher, ob sein Körper und der ganze Rest nicht ausschließlich in meinem verwirrten Geist entstanden sind.
Als er mich das erste Mal wirklich ansah, waren wir längst draußen im Grau des Wiener Winters, wir standen vor dem neu eröffneten Espresso mit den überall gleichen schwarzroten Tischen und Sesseln, und als ob das darüber entscheiden würde, ob wir hineingingen oder nicht, sagte er:
In einem Jahr gehe ich weg, nach Südamerika.

Unsere Liebschaft war geprägt von dieser ersten Begegnung.
Miloš zeigte mir die Welt als gehörte sie ihm persönlich. Ich glaubte ihm. Er führte mich in der Stadt herum, in der ich geboren worden war, als wäre ich zum ersten Mal hier auf Besuch. Ich begann mich zu fühlen wie eine Touristin, entwickelte diesen gewissen Blick, der eine bestimmte Distanz braucht und nur dann funktioniert, wenn man sich ungeniert und zweifelsfrei als Mittelpunkt der Welt fühlt – und das tat ich, denn Miloš tat es auch, jede einzelne Minute seines Lebens, auf eine so selbstverständliche Art, dass er mich ansteckte, mitriss, und das gefiel mir sehr. Alles war anders: Das Licht auf den Fassaden, der Dunst über dem Kahlenberg, die Neonreklamen, die Dinge in den Geschäften, sogar meine eigene

Wohnung. Es war wie die übertriebene Klarheit der Wahrnehmung, die sich einstellt, wenn man sehr wenig geschlafen hat, der Kopf leergeblasen von einem nicht erinnerbaren Sturm, die Bilder aber so scharf in den Konturen, dass man Kopfweh bekommt, wenn man sich wehrt, sich nicht hingibt.

Aber ich gab mich hin, und ich genoss es. Ich dachte nicht an morgen, nicht an das nächste Jahr und auch nicht an Südamerika, jedenfalls nicht in diesem Zusammenhang.

Miloš war ein spontaner, unbekümmerter Liebhaber. Unsere Körper schienen sich von Anfang an zu kennen und feierten ein urtümliches, rauschendes Fest ohne Reue. Danach fühlte ich mich wie ein sorgloses Kind, frei und unbeschwert von der Last der Erfahrung. Ich ging singend durch die Straßen, es kümmerte mich nicht, wenn die Leute mich anstarrten, als käme ich direkt aus der psychiatrischen Abteilung. Man sollte meinen, ich vernachlässigte in einem solchen Zustand meine Arbeit, aber das war nicht der Fall, im Gegenteil. Wie eine Besessene entwarf ich innerhalb kürzester Zeit eine neue Kollektion, saß Stunden über Stunden in meiner kleinen Schneiderei, skizzierte, zeichnete, brütete über Farben und Stoffen und brachte meine Näherin mit meinen exotischen Roben zur Verzweiflung. Kein Mensch würde so etwas kaufen, meinte sie, aber das war mir egal. Miloš kam manchmal vorbei, dann schickte ich Vera nach Hause und wir trieben es auf dem Zuschneidetisch, zwischen Schnitteilen und Stoffmustern.

An einem dieser Nachmittage lagen wir auf dem Fußboden, Miloš auf dem Rücken, ich quer über ihm. Mit geschlossenen Augen spürte ich den Wellen nach, die die Explosion in meinem Körper ausgelöst hatte. Ich roch Miloš´ Schweiß, vermischt mit dem dunklen Geruch der Eichendielen, ich dachte an nichts. Miloš strich mit einer Fingerkuppe meine Wirbelsäule hinauf und wieder hinunter. Maya, sagte er. Er wartete eine Weile, wohl um herauszufinden, ob ich ihm zuhörte, ich sagte nichts. Maya, sagte er noch einmal. Ich wandte ihm den Kopf zu, aber er sah in die andere Richtung, zur Tür, also schloss ich die Augen wieder, überließ mich erneut der Trägheit, die mich einhüllte wie Watte. Ich werde weggehen, seine Stimme klang weit entfernt, körperlos, ein wenig traurig, ich sagte immer noch nichts. Es wird nicht ewig dauern. Er richtete sich auf, stützte sich auf die Ellenbogen und sah auf mich herunter, ich spürte seinen Blick und erwachte aus meiner Trance. In einer einzigen Bewegung rollte ich mich auf den Boden, setzte mich auf und schlang die Arme um meine Beine. Wir sahen uns an. Willst du nicht mitkommen? fragte er mich mit einem kleinen, aufmunternden Lächeln. Ich strich mir mit beiden Händen die Haare glatt, wie immer, wenn ich nicht weiß, was ich sagen soll, ich lachte gekünstelt, stand auf und begann mich anzuziehen. Wohin, nach Brasilien? fragte ich unnötigerweise. Was soll ich dort machen, für dich Tortillas backen? Ich habe nicht genug Geld, kenne niemanden, ich kann nicht mal spanisch.

Miloš, immer noch nackt, saß jetzt auf der Chaiselongue, rauchte eine Zigarette und sah mir beim Anziehen zu. Sie sprechen portugiesisch, ein besonders schönes sogar. Er hatte jetzt seinen Reiseführerton, gleich würde er mir von der brasilianischen Literatur erzählen, aber ich ließ es nicht dazu kommen. Ich nahm meine Handtasche, küsste ihn flüchtig. Ich muss los, sagte ich, es sollte unbefangen wirken, muss noch ein Kostüm abliefern.
An der Tür drehte ich mich noch einmal um. Wie er da saß, nackt, in meiner kleinen Schneiderei, mit seinem komischen Schnauzbart, war er ein ewiger Gast, aber einer, der überall mit der gleichen Selbstverständlichkeit zu Hause war. Er fiel vom Himmel und dann war er da, er schien nirgendwo herzukommen und nirgendwo hinzugehen. Vielleicht konnte ich deshalb bis zum Schluss nicht glauben, dass er wirklich gehen würde.
Das war im Juni. Ein halbes Jahr später war er weg.

Seltsamerweise hatte ich nicht damit gerechnet, dass ich ihn so vermissen würde. Ich hielt mich für eine erwachsene, unabhängige Frau, die selbst dafür sorgen konnte, dass sie glücklich und ihr Leben ausgefüllt war. Und so war es ja vielleicht auch, bevor Miloš kam, und auch, nachdem er gegangen war, hatte ich zunächst das Gefühl, alles könnte wieder so werden wie früher. Er fehlte mir, aber ich weinte nicht. Ich masturbierte dreimal täglich, aber ich konnte schlafen und arbeiten. Der Schock hatte einen Teil von mir anästhesiert.

Aber jede Anästhesie lässt irgendwann nach, die Seele kehrt immer zurück. Sehr langsam, fast unbemerkt, ergriff sie wieder von mir Besitz, im Schutz der Dunkelheit eroberte sie meine Träume und machte sich in mir breit.
Es fing damit an, dass mich alles zu Tode langweilte. Die Probleme meiner Freunde erschienen mir belanglos, ich merkte, dass ich ihnen nicht mehr zuhörte, durch sie hindurchsah, geradewegs ins Nichts. Wenn ich ins Kino ging, glaubte ich, den Film bereits gesehen zu haben, auch wenn er gerade erst angelaufen war, am nächsten Tag konnte ich mich kaum noch an die Handlung erinnern. Bei der Arbeit brauchte ich Stunden, um Entscheidungen zu treffen, stierte vor mich hin, vergaß Termine. Der Himmel zeigte Woche um Woche dasselbe bleierne Grau ohne jede Nuance. Daran war nichts Magisches, es war Ende Jänner, das übliche Elend, Wien war eisig und unwirtlich. Ich hatte alles schon gesehen, alles schon gehört, nichts interessierte mich. Trotzig hörte ich auf, mich selbst zu berühren, sogar die Lust war mir abhanden gekommen, es erstaunte mich kaum. Ich ging nicht mehr ans Telefon, lag in der Badewanne und las dutzende Kriminalromane, um mich von der Leere abzulenken, mich fernzuhalten vom Abgrund. Der Verlust klebte an mir, ich wollte nichts von ihm wissen. Ich glich einer wehrhaften, aber verlorenen Festung, und meine gesamte Energie verbrauchte sich in ihrer Verteidigung.
Schließlich kam der Sturm.

Er kam, zerrte an den Fensterläden und Markisen der alten, ehrwürdigen Häuser, wirbelte den Bodensatz meiner Gefühle auf und raubte mir den Schlaf. Ich wälzte mich im Bett hin und her, ließ den Fernseher laufen, ohne Ton und ohne hinzusehen, machte ihn aus, starrte in die Dunkelheit. Angespannt horchte ich auf die verschiedenen Geräusche von draußen, versuchte herauszufinden, woher sie kamen, dazwischen fiel ich in einen unruhigen Schlaf, der durchbrochen war von einem einzigen, wiederkehrenden Traum:
Ich lag auf dem Rücken in einem tropischen Urwald, über mir die Kronen alter Baumriesen, ineinander verwoben, ein grünes Labyrinth. Es war Tag, aber hier im undurchdringlichen Grün herrschte ein gedämpftes, mystisches Licht. Ich war soeben aufgewacht, ich kannte weder den Ort, an dem ich mich befand, noch den Grund für mein Hiersein. Ich erinnerte mich an nichts, aber ich wusste mit absoluter Gewissheit, dass ich hier weg musste. Ich hatte zu lange geschlafen, viel zu lange. Ich spürte die Lähmung in meinen Gliedern, die mich am Boden festhielt, aber ich wusste, ich war zu spät, ich würde zu spät kommen und es würde mich mein Leben kosten. Ich stand auf und begann zu laufen. Anfangs war ich panisch, beherrscht von meiner Angst hastete ich durch den Wald, stolperte über monströse Wurzeln, Äste zerkratzten mir das Gesicht, überdeutlich hörte ich meinen keuchenden Atem. Ich rannte, wie ich noch nie gerannt war, doch während ich rannte, spürte ich, dass sich etwas zu verändern

begann. Plötzlich wurde das Fortkommen weniger anstrengend, meine Bewegungen wurden geschmeidiger, meine Beinmuskeln spannten sich wie zwei große Bögen. Ich fühlte mich leicht und kräftig. Der Dschungel flog an mir vorbei, mit meinen Händen teilte ich das Dickicht, machte große, majestätische Sprünge. Die Angst fiel von mir ab wie eine Schlangenhaut und wich einem euphorischen Gefühl von Macht und Erhabenheit, die Raserei eines Raubtieres auf der Jagd. In meinem Rausch nahm ich nicht wahr, dass es um mich herum heller wurde, die Bäume lichter und als ich mit einem gewaltigen Satz aus dem Urwald hervorbrach, war ich nicht auf das vorbereitet, was mich dort erwartete: Ein Licht, so hell, dass es auf meinen Lidern explodierte und das Meer, das sich vor mir bis zum Horizont erstreckte. Ich wollte schreien, aber aus meinem weit geöffneten Mund kamen nur Luftblasen, ich stellte fest, dass ich bereits unter Wasser war, etwas oder jemand zog mich in die Tiefe und das Letzte, was ich erkennen konnte, war Miloš´ verschwommenes Gesicht unter mir und seine langen, dunkelbraunen Haare, die sich wie Tentakel um meine Beine schlangen.

Am nächsten Morgen regnete es, bei 15 Grad Celsius. Ich stand nackt am offenen Fenster, Tränen liefen mir über das Gesicht, den Hals, über meine Brüste und tropften von da aus mit einem komischen, kleinen Geräusch auf den Teppich. Ich weinte den ganzen Vormittag, während ich frühstückte, die Wohnung aufräumte. Ich weinte lange über einem Foto, das Miloš letzten Sommer von mir gemacht hatte und das seither über meinem Schreibtisch hing. Es zeigte mich in einer meiner wilderen Kreationen, ein Wickelkleid aus Stretch in grün und türkis mit Knöpfen und Reißverschlüssen an Stellen, wo man sie nicht brauchte. Es gefiel mir nicht mehr, trotzdem weckte es in mir eine Art Wehmut, das schale Gefühl, dass etwas vorbei war, dass man es vergessen wird. Ich dachte eine Weile an diesen Abend. Vera, Miloš und ich waren nach der Arbeit zusammen ausgegangen, hatten in der erstbesten Bar in sehr kurzer Zeit sehr viel getrunken und waren dann lange ziellos durch die Stadt gestolpert, wir hatten uns nicht imstande gefühlt, ein weiteres Lokal zu betreten. Auf dem Foto umarmte ich einen Barockengel und grinste anzüglich in die Kamera.

Gegen Mittag verebbte meine Tränenflut. Ich fühlte mich leer und erschöpft, ließ mich angezogen wie ich war, aufs Bett fallen, schlief sofort ein und erwachte mitten am Nachmittag mit dem Gefühl, das ich immer am Beginn der großen Ferien gehabt hatte, als ich noch zur Schule gegangen war: Die Zeit schien vor mir zu liegen wie eine unendlich weite Fläche, wie die gelbblühenden Rapsfelder auf dem Weg zum Sommerhaus meiner Eltern. Ich blieb noch eine Weile liegen, um dieses Gefühl zu genießen, dann stand ich auf, zog mich um, nahm einen leichten Mantel, in dessen Taschen ich meinen Schlüssel und etwas Geld stopfte und verließ ohne Handtasche das Haus.

Als ich auf die Straße trat, schlug mir eine Welle warmer, süß schmeckender Luft entgegen. Es hatte aufgehört zu regnen und es waren Teile sehr hellblauen Himmels zu sehen, über den rasch schlierige Wolkenformationen zogen. Manchmal gaben sie die Sonne frei und rotgoldenes Licht ergoss sich über die Häuser. Als wenn er all seine Wut ausgelebt hätte, war der Sturm von letzter Nacht nun ein sanfter, samtiger Wind, wie gewaschene Seide auf der Haut. Meine Poren öffneten sich, der Geruch aufgeweichter Erde drang in mich ein, und ich ließ mich treiben. Ich schlenderte die Straße hinunter, ohne zu denken, ohne zu wissen wohin ich gehen wollte. Eine halbe Stunde später stand ich vor dem Palmenhaus. Ich war seit über einem Jahr nicht hiergewesen. Immer wieder hatte ich versucht, Miloš zu überreden, noch einmal herzukommen, mir noch mehr über die Bäume zu erzählen, oder die tropischen Vögel, deren Stimmen aus versteckten Lautsprechern kamen. Aber Miloš wollte nicht. Er sagte, man solle nicht versuchen, Situationen zu wiederholen. Aber ich wollte gar nichts wiederholen. Ich wollte der Magie nachspüren, die uns verband, hinter das Geheimnis kommen. Nur Frauen haben diesen Wunsch, glaube ich.
Eine Zeit lang stand ich vor dem Eingang und konnte mich nicht entschließen, hineinzugehen. Es war so etwas wie Schwellenangst, was mich davon abhielt, gleichzeitig stieg in mir Sehnsucht nach meinem alten Refugium auf, schließlich siegte meine Neugier. Während ich mich mit meinem

ganzen Gewicht gegen die schwere Eisentür lehnte, um sie zu öffnen, spulte sich in meinem Kopf mit großer Geschwindigkeit die gesamte Szene vom Vorjahr ab, und für den Bruchteil einer Sekunde blitzte der irrwitzige Gedanke in mir auf, ich könnte Miloš da drinnen finden, wie er vor dem Regenbaum stand, die Hände in den Manteltaschen, den Blick nach oben gerichtet. Beinahe gleichzeitig hatte ich zum ersten Mal dieses Gefühl, ich könnte alles nur erfunden haben.

Wie immer verweilte ich zuerst ein wenig im ersten, dem mittleren der drei Räume vor dem Meer aus Blüten, das sich dort zwischen den Bäumen ausbreitete. Ich ließ die Farben auf mich wirken, sog mit geschlossenen Augen den Duft ein, bevor ich mich nach rechts wandte und langsam den kleinen geschotterten Pfad entlangschlenderte, bis zum Eingang in die tropische Abteilung mit dem kleinen Vordach aus Schilf, getragen von zwei dicken Bambusstäben.

Sobald jedoch die Tür hinter mir zufiel, wollte ich fliehen. Ich geriet in Panik, und ich wusste, woher sie kam. Ich war mitten in meinem Traum, ich wollte losrennen, die Touristen, die auf den Wegen dahinschlenderten, zur Seite stoßen, mich durch die Büsche schlagen, aber ich sah, dass das nicht ging. Ich drehte mich zur Tür und wollte gerade wieder hinaus, als mich jemand von hinten am Mantel zupfte. Ich erschrak so heftig, dass ich stolperte und hinfiel. Auf dem Rücken liegend hatte ich Schwierigkeiten, irgendetwas Anderes zu sehen als die Baumkronen über mir,

die Gesichter zu haben schienen und drohend auf mich herabblickten. Es war aber nur Yola, die mir ihren Arm entgegenstreckte, um mir aufzuhelfen. Maya, fragte sie besorgt, was machst du denn da?
Ich rappelte mich hoch. Der Raum um mich herum nahm langsam wieder seine gewohnte Form an. Ich hörte das Gemurmel der Leute, das Schreien der Papageien, aber ich brachte noch immer keinen Ton heraus.
Hey, du siehst ja aus, als hättest du eine Erscheinung gehabt. Yola legte mir fürsorglich einen Arm um die Schulter. Komm, wir setzen uns da drüben hin. Sie zog mich zu meiner Lieblingsbank unter einer großen Dattelpalme, ich ließ mich erschöpft und dankbar auf ihr nieder.
Hatte einen komischen Traum, sagte ich, um endlich etwas zu sagen.
Was, hier? fragte Yola
Nein, zu Hause, letzte Nacht. Ich träumte, ich wäre im Dschungel …
Brasilien?
Keine Ahnung, nein, so einfach ist es nicht, weißt du. Ich hatte diese Höllenangst, zu spät zu kommen.
Wohin?
Weiß ich auch nicht, einfach zu spät, ich stockte, dachte an Miloš´ um meine Fußknöchel geschlungenes Haar, vielleicht zu meinem eigenen Tod. Es ist alles sehr verwirrend, wenn man einmal wach ist. Ich seufzte, fühlte mich plötzlich zu müde, um Yola den ganzen Traum zu erzählen.

Und vorhin hattest du ein Dèjávu? wollte sie wissen.
Ja, so ähnlich, es fing sofort an, als ich reinkam, ich konnte mich nicht dagegen wehren.
Yola nickte vor sich hin und schaute nachdenklich in das grüne Labyrinth von Blättern und Ästen. Wir sagten eine Weile nichts, schließlich meinte sie: Glaubst du, die machen das Licht hier aus in der Nacht?
Das war typisch Yola. Es war die Art von Dingen, die sie beschäftigten. Ich mochte sie.
Hör mal, sie stand auf und nahm ihre Handtasche, jetzt muss *ich* raus hier, sonst kollabiere ich vor lauter Hitze. Möchtest du mit mir Kaffee trinken, oder hast du hier noch was Wichtiges zu tun, in deinen Träumen graben oder so?
Ich sah in ihr hübsches, katzenhaftes Gesicht mit den breiten Wangenknochen, ich hatte große Sehnsucht, zu reden, alles hochkommen zu lassen, Yola würde mir zuhören, sie würde kluge Dinge sagen, mir mich selbst erklären. Gleichzeitig wollte ich hierbleiben, in diesem warmen Kokon, den gedämpften Stimmen der Leute zuhören und den schrillen Schreien der Vögel, mit den Bäumen verwachsen, nirgendwo hingehen. Ich verabschiedete mich von Yola und blieb sitzen.
Draußen wurde es langsam dunkel. Die Touristen wurden weniger, das geschäftige Summen rund um mich herum ließ nach, ich schnappte einzelne Wortfetzen auf, die sekundenlang im Raum schwebten, bis sie vom Grün verschluckt wurden. Ich saß ganz still da, bewegte mich nicht,

machte kein Geräusch, als wäre ich selbst eine Pflanze. Irgendwann hörte ich eine Stimme aus dem Lautsprecher, in einer Viertelstunde würde das Palmenhaus geschlossen, sie schien mir unwahrscheinlich, diese Stimme, und jedenfalls ging sie mich nichts an. Lautsprecher, im Urwald? Lächerlich. Als ein Mann in einem grauen Overall mit einem Namensschild auf der Brust auftauchte, empfand ich ihn als Eindringling. Schnell versteckte ich mich in einem Busch, der Mann drehte eine Runde, warf an der Tür noch einen Blick zurück und verließ den Raum. Bald danach ging das Licht aus.

Endlich war es still. Es war so still, dass ich die Insekten hören konnte, wie sie über die Blätter krabbelten, das Tropfen des kondensierten Wassers von den Bäumen und, weit entfernt, das stetige Rauschen der Stadt. Ich wollte nicht länger in meinem Versteck bleiben, also bog ich die Äste zur Seite und kletterte aus dem Busch. Sorgfältig setzte ich einen Fuß vor den anderen, um im Dunkeln nicht zu stolpern, ich ging sehr gleichmäßig und ließ vorsichtig meine Gedanken von der Leine. Ich konnte es nicht glauben: Ich war hier eingesperrt, in einem künstlichen Dschungel, und ich selbst hatte diese Situation vorsätzlich herbeigeführt. Ich untersuchte mein Inneres nach Zeichen von Angst, Resten der Panik vom Nachmittag, die jetzt zumindest eine gewisse Berechtigung gehabt hätte, aber ich konnte nichts finden. Ich war ganz ruhig, entspannt und gleichzeitig hellwach. Ich war in

einem Ausnahmezustand, aber das war ich bereits, seit Miloš weg war. Nein, auch das stimmte nicht, das hier hatte schon mit unserer ersten Begegnung angefangen, es gehörte alles zusammen.
Der Anfang bleibt ja immer im Dunkeln, ganz gleich, wie heftig man ihn zu ergründen sucht. Immer wieder forschen wir nach dem einen Augenblick, in dem wir uns entschieden haben, einen Blick zu erwidern, die Hand auszustrecken oder etwas zu sagen, nach dem Etwas, das uns dazu bewogen haben mag, aber wir finden es nicht. Schließlich einigen wir uns mit uns selbst auf eine Version der Vergangenheit, die uns plausibel erscheint.
Aber ich wollte verstehen. Es war ein Laster, dem ich nie widerstehen konnte, ich wollte wissen, wie die Dinge zusammenhingen. Warum war ich Miloš an jenem Tag gefolgt wie einem Fremdenführer, hatte ich einen gebraucht? Wie hieß das Land, das ich ohne ihn nicht bereisen zu können geglaubt hatte, und warum war ich nicht mit ihm gegangen, um wirklich eines zu sehen, das ich noch nicht kannte? War ich mir selbst fremder als der brasilianische Urwald? Ich blieb stehen und betrachtete die Luftwurzeln eines Schraubenbaums. Früher hatte ich geglaubt, Bäume seien einfacher als Menschen und mir aus diesem Grund zuweilen gewünscht, einer zu sein, doch Miloš belehrte mich eines Besseren. Bäume waren hochkomplizierte Wesen, immer Teil eines noch viel komplizierteren Systems, und das Meiste über sie wusste man gewöhnlich nicht. Sie waren uns also

ziemlich ähnlich, denn was wusste ich schon über Miloš, zum Beispiel. Das meiste, was ich über ihn zu wissen glaubte, betraf seine Wirkung auf mich, und die hatte wahrscheinlich mehr mit mir zu tun als mit ihm. Und ich selbst? Maya Mikulka, schon mein Name Zeuge einer Besessenheit, nämlich der meiner Familie, alle Namen mit einem M beginnen zu lassen, meine Kindheit bevölkert von Mias und Magdas und Mishas und Marios. M wie der Mond, wie Muschel und Meer, wie der Mokka, süß und schwarz, den hätte ich jetzt gerne gehabt. M wie Masturbation, musste ich denken, und M wie Mode, und wie Miloš, natürlich, wie dumm von mir, dass es mir nicht früher aufgefallen war, aber was hätte es geändert? Die Esoteriker unter meinen Freunden behaupten, wir suchten uns alles aus, was uns widerfährt, unsere Freunde und Partner, das Glück und das Unglück, unseren Geburtsort und sogar unsere Eltern, aber was nützt uns das? Das Wissen, das wir als Ungeborene möglicherweise hatten, ist längst vergessen, bevor wir den ersten Schrei tun, und die meisten brauchen ihr ganzes Leben, um zu verkraften, was sie sich da ausgesucht haben.

Ich fragte mich, wo der Regenbaum hingekommen war, aber ich konnte mich nicht mehr erinnern, wo er gestanden hatte, und es war zu dunkel, um ihn zu suchen.

Plötzlich überkam mich eine große Müdigkeit. Ich wollte nicht mehr weitergehen, nicht mehr denken, mich einfach zu Boden gleiten lassen, meine Form verlieren und mich wie eine Schlingpflanze um den nächsten Baumstamm winden. Ich dachte an Miloš, an seinen Körper, seine langen, sehnigen Arme, eine Welle der Sehnsucht stieg in mir auf. Ich lehnte mich gegen den Stamm einer großen Palme und ließ mich an ihm hinunterrutschen, meine linke Hand wanderte wie von selbst zwischen meine Beine, ich ließ es geschehen. Der Geruch der warmen, feuchten Erde machte mich benommen, alles in mir wurde weich und durchlässig, ich schwamm davon in einem Meer aus flüssigen Träumen, mein eigenes Stöhnen klang seltsam fremd und weit weg, überlagert vom Geräusch des tropfenden Wassers um mich herum. Hier, zwischen Affenbrotbäumen und fleischfressenden Pflanzen, an eine Dattelpalme gelehnt, in meinem eigenen, privaten Dschungel, fand ich meine Lust wieder.

Ein Geräusch riss mich aus dem Schlaf, das Bewusstsein, ein illegaler Besucher zu sein, hatte offenbar Wache gehalten. Ich lag immer noch unter der Palme, zusammengerollt zu einem unordentlichen Haufen aus Kleidern und Haaren. Draußen dämmerte es, der Himmel hatte eine undefinierbare Farbe zwischen Grau und Blau. Mein Mund war trocken, mein Körper fühlte sich merkwürdig leicht an, als wenn ein Windstoß ihn hätte davonwehen können. Durch meinen Kopf zogen die Schatten wirrer Träume, ich versuchte eine Weile, eine konkrete Erinnerung zustande zu bringen, es gelang mir nicht. Schließlich setzte ich mich auf und sah mich um. Niemand war da, abgesehen von den Achatschnecken. Irgendwann, überlegte ich, würden Menschen auftauchen, Gärtner zum Beispiel, ich würde mich wieder verstecken müssen. Die absurde Idee, ich könnte mich absichtlich erwischen lassen, tauchte auf und verschwand wieder, ohne einen einzigen reflexiven Gedanken. Ich hatte keine Ahnung, wie spät es war, trotzdem hatte ich das Gefühl, etwas unternehmen zu müssen. Ich stand auf, klopfte mir die Erde von den Kleidern und machte einen kleinen Rundgang. Ich ging sehr leise, um die Gärtner rechtzeitig kommen zu hören, aber alles blieb ruhig. Ich wurde ein wenig übermütig. Ob die Türen zwischen den verschiedenen Räumen über Nacht versperrt wurden? Ich ging, um nachzusehen, dabei kam ich am Regenbaum vorbei, er grüßte mich, aber ich ließ ihn links liegen. Mein Ziel war das Blumenmeer nebenan, ich wollte frühstücken. Die Tür war offen und ich verließ den Dschungel, wie man sein Haus morgens verlässt, um zur Arbeit zu gehen: in dem Bewusstsein, abends wieder nach Hause zu kommen.

Der betäubende Duft mitteleuropäischer Blühpflanzen empfing mich und wirkte im ersten Moment merkwürdig unangebracht, dennoch weckte er meinen Appetit. Ich umrundete das kleine Nassbiotop und wünschte dem Axolotl einen guten Morgen. Ich machte einen großen Bogen um den Tränenbaum, weil ich fürchtete, sein Geruch könnte mir auf nüchternen Magen nicht bekommen, weiter vorne lockten bereits Chrysanthemen und Nelken, Petunien, Fuchsien und Glockenblumen.

Die Narzissen fielen aus, sie waren giftig, trotzdem fiel mir die Wahl schwer, wie über einer dieser viel zu langen Speisekarten. Aber heute gab es Buffet! Ich entdeckte ein hübsches, kleines Rondeau mit Stiefmütterchen in lila und weiß, ich kniete mich hin und ließ sie mir auf der Zunge zergehen. Danach kostete ich von den Veilchen, die im benachbarten Beet wuchsen, ich probierte auch ein paar Primeln, aber sie schmeckten nach den Veilchen ein wenig fade. Als ich mich gerade mit Heißhunger über eine Gruppe Butterblumen hermachte, hörte ich Stimmen. Ich flüchtete in den hinteren Teil des Raumes und konnte mich gerade noch hinter den mannshohen Vogelkäfig quetschen, bevor die lärmende Gärtnerschar einfiel und sich mit Gießkannen, Schläuchen und Spaten zu schaffen machte. Ein Wasserstrahl erwischte mich von hinten, so bekam ich meine Dusche. Ich fing an, zu überlegen, wann jemand kommen würde, um die Vögel zu füttern. Einstweilen waren sie die Einzigen, die wussten, dass ich hier war, immer wieder flogen sie laut zwitschernd in meine Nähe, setzten sich auf einen Ast, legten den Kopf schief und starrten mich neugierig an. Die Situation erschien mir jetzt wieder reichlich absurd und ich war froh, als die Gärtner endlich gingen, um die anderen Räume zu beackern. Ich rollte mich da, wo ich war, zusammen, um noch eine Runde zu schlafen.

Ich erwachte am späten Vormittag. Menschen verschiedenen Alters und unterschiedlicher Nationalität spazierten über die geharkten Wege, lasen mehr oder weniger interessiert die Schilder an den Bäumen, standen in Gruppen herum und fotografierten. Ich sah mich selbst auf einem dieser Fotos: Eine knapp dreißigjährige Frau mit wirrem Haar, die hinter einem Vogelkäfig zusammengerollt lag und schlief. Aber ich war einfach zu unwahrscheinlich in diesem Szenario, niemand sah mich. In einem günstigen Moment kroch ich hinter dem Käfig hervor. Ich machte einen halbherzigen Versuch, meinen völlig verknitterten Mantel zu glätten, fand in einer der Taschen ein altes Haargummi, band mir einen Zopf und mischte mich unter die Leute. Ich ging ein paar Mal im Kreis um die mittlere Blumeninsel, blieb hin und wieder stehen, tat so, als würde ich die Schilder lesen wie alle anderen. Nach einer Weile folgte ich unauffällig einer Schar von Japanern, die dem Ausgang zustrebten. Draußen war es bewölkt, immer noch mild für die Jahreszeit, wenn auch nicht ganz so warm wie am Vortag. Ich fror ein bisschen, zog den etwas zu dünnen Mantel fester um mich, ging zur U-Bahn und fuhr in die Schneiderei. Vera sah mich prüfend an, stellte aber keine Fragen, das hatte sie sich in den letzten Wochen abgewöhnt.

Ich hatte keine Lust zu arbeiten, also kochte ich Kaffee, schnappte mir einen Stapel Modezeitschriften und blätterte lustlos darin herum. Früher hatte ich diese Zeitschriften geliebt, sie waren meine Obsession. Als Vierzehnjährige gab ich fast mein gesamtes Taschengeld dafür aus, für *Elle* und *Vogue* und *Harper´s Bazar*. Ich erinnere mich an den

Geruch der druckfrischen Exemplare, die glänzenden Covers, die glatten Seiten und meine Neugier, die ich nicht bezähmen konnte, nicht einmal die fünf Minuten, bis ich in der Straßenbahn saß. Im Gehen schon schlug ich die erste Seite auf und überflog den Inhalt, Alltagsmode interessierte mich nicht, meine Leidenschaft galt der Haute Couture. Ich tauchte ein in andere Welten und Zeiten, Rüschen, Spitzen und Volants versetzten mich an den Hof Ludwig des XIV., strenge Hemdblusen, Gilets und Nadelstreif in das New York der 20er-Jahre, weite Tuniken aus hauchzarten Stoffen in leuchtenden Farben trugen mich mit einer Karawane durch die sengende Sonne der Wüste, nach Marrakesh, nach Tanger. Kleider waren magische Transportmittel, wie die Flugsalben der Hexen. Leisten konnte ich sie mir damals nicht, also reiste ich mit dem Blick. Später lernte ich das Nähen, das Zaubern. Auf der Modeschule galt ich als Träumerin, aber da ich hart arbeitete und mir egal war, was die anderen sagten, konnte mir niemand etwas anhaben. Meine Großmutter, eine einstmals elegante Frau mit einem besonderen Faible für Hüte, hatte mir Geld hinterlassen, als sie starb, gerade soviel, dass ich damit die Schneiderei aufmachen konnte. Ich nannte sie *Bon Voyage*, die meisten hielten es zuerst für ein Reisebüro, sie glaubten, sie könnten bei mir ihren Flug nach Paris bekommen oder auf die Kanarischen Inseln, ich jedoch bescherte ihnen Reisen anderer Art, Höhenflüge, die sie nicht vergaßen. Wenn sie einmal verstanden hatten, kamen sie wieder.

Heute aber wartete ich vergebens darauf, von einem Bild davongetragen zu werden. Alles, was ich sah, war nichtssagend, beliebig, gewöhnlich, Ausschnitte, Revers, Träger, Knopfleisten, alles Fälschungen, Plagiate, zum hundertsten Mal nachgeahmt, langweilig, ohne jeden Charme. Ich überlegte kurz, nach Hause zu fahren, zurückzukehren zu meiner Badewanne mit den Löwenfüßen und Raymond Chandler, doch es war vorbei. Ich konnte nicht so tun, als wüsste ich nicht, warum ich das getan hatte, stumpf und stupide vor mich hinarbeiten, mit niemandem sprechen, mich mir selbst und der Außenwelt gleichermaßen verweigern.
Ich sprang auf und machte mich auf die Suche nach meinem Handy, das ich hier vor zwei oder drei Wochen mehr oder weniger absichtlich verlegt hatte. Ich fand es schnell, es lag zwischen zwei großen Körben mit Stoffresten, verstaubt, vergessen, fremd. Ich schloss das Ladegerät an. Fast sofort fing es an zu vibrieren, erwachte zum Leben, gab seine schrillen Signale von sich. Hektisch machte ich den Ton aus, wartete, den Blick starr auf das Display gerichtet. Siebenundzwanzig Anrufe in Abwesenheit, dreizehn neue Kurzmitteilungen, Mutlosigkeit erfasste mich. Ich widerstand der Versuchung, alles zu löschen, das Handy in den Mistkübel, die SIM-Karte ins Klo zu werfen, sie mitsamt allen Telefonnummern und den nie angekommenen Nachrichten dem Wiener Kanalsystem und seinen Ratten zu überantworten.
Hallo? Maya, bist du das? Hier ist Tante Martha, die schneidende Stimme der Schwester meiner

Mutter bohrte sich in meinen Gehörgang, ich hoffe doch, du hast Onkel Malis 80sten Geburtstag nicht vergessen, du hast immer noch nicht Bescheid gesagt, ob du es einrichten kannst, und auch nicht, ob du deinen netten jungen Freund mitbringst, wir würden uns alle sehr freuen, nicht wahr?
Ja, Tante Martha.
Hi, Thomas hier. Kann man mit dir mal auf ein Bier gehen? Morgen zum Beispiel? Ruf an!
Konnte man mit mir mal auf ein Bier gehen? Ich war nicht sicher, nicht in meinem derzeitigen Zustand.
Ich sah durch die Auslage hinaus auf die Straße. Ein riesiger Lkw der Spedition *Augustin* schob sich vor das rechte Auslagenfenster und sperrte das Licht aus, ein winzig wirkender Mann in Latzhosen stand davor und gestikulierte.
Yola. Du wolltest wissen, ob ich *The Long Goodbye* von Chandler habe. Habe ich. Aber ich bin nicht sicher, ob ich es dir borgen sollte. Wenn du reden willst, ruf an. Bis bald.
Der Lkw krachte im Rückwärtsgang gegen einen Hydranten, der Mann riss die Arme hoch und schrie etwas, ich konnte ihn nicht hören, sah nur seinen weit aufgerissenen Mund, das wutverzerrte Gesicht im Profil.
Ich schon wieder, Thomas. Ich hab dir dreimal auf den Anrufbeantworter gesprochen, vielleicht sollte ich eine Flaschenpost schicken? Wenn du dich nicht bald meldest, komme ich mit der Feuerwehr und lasse deine Tür aufbrechen. Vielleicht liegst

du da drin in deiner Wohnung und bist tot und keiner weiß was? So was soll vorkommen.
Ja, so was soll vorkommen.
Ich hielt mir das Telefon ans andere Ohr.
Ciao, das ist die Becca. Ich wollte dir einladen für Mittwoch Abend, das ist meine Geburtstag, ich habe große Party in Atelier in Goldegggasse, du weißt, wo ist, glaube ich, du warst schon bei mir, oder? Bring bitte mit etwas zu trinken, eine Wein oder so, natürlich kannst du auch kommen mit Miloš, er war so lustig die letzte Mal, weißt du noch?
Ja, ich wusste noch, auch wenn ich mich in den letzten Wochen sehr bemüht hatte, derlei zu vergessen. Auf Beccas ausdrücklichen Wunsch hin waren wir bei einem sehr touristischen Heurigen in Grinzing gewesen, und Miloš hatte stockbetrunken für ein amerikanisches Ehepaar am Nebentisch eine szenische Darstellung der Tragödie von Mayerling zum Besten gegeben. Sie waren zutiefst ergriffen gewesen und hatten sich offensichtlich nicht erklären können, warum wir uns vor Lachen krümmten.
Mittwoch, war das nicht heute?
Ich stoppte die Nachrichtenabfrage, lehnte mich zurück und schloss die Augen. Ich sehnte mich nach dem Palmenhaus, dem satten Grün, der feuchtwarmen Erde, nach der Dunkelheit. Warum war ich nicht dortgeblieben?
Ich machte die Augen wieder auf. Der Lkw vor der Auslage war weg. Eine Frau im Minirock stand da, sie hatte lange dunkle Haare, in einer Hand hielt

sie einen großen, braunen Koffer, in der anderen eine Zigarette. Sie schien in die Auslage zu schauen, auf die Schaufensterpuppe mit dem schrägen Ballkleid, dann merkte ich, dass sie an ihr vorbei sah, dass sie *mich* ansah.
Als sie meinen Blick auffing, drehte sie sich abrupt um und ging davon.

Ich verbrachte den Tag in zielloser Trance. Ich lief durch die Stadt und fühlte mich wie eine Fremde, nicht wie zu Miloš' Zeiten, eher verloren, wie in zu großer Kleidung. Ich kaufte ein paar Dinge, die ich nicht brauchte, drei Teetassen, halterlose Strümpfe, ein paar Schuhe, die mir nicht gefielen. Ich setzte mich in ein Restaurant, in dem ich noch nie gewesen war, sah eine halbe Stunde lang in die Speisekarte, bestellte dann ein Glas Wein und einen Kaffee, bezahlte und ging wieder. Am späten Nachmittag war ich völlig erschöpft, die Füße taten mir weh, ich überlegte, mir ein Hotelzimmer zu nehmen, fuhr nach Hause, legte mich in die Badewanne und beobachtete die sich langsam bewegenden Schlieren auf der Wasseroberfläche. Ich aß im Stehen zwei Butterbrote, holte ein viel zu buntes Kleid aus dem Schrank, zog die Strümpfe und die Schuhe an, die ich gekauft hatte und fuhr zu Beccas Atelier. Vor dem Haus blieb ich im Auto sitzen und sah zu, wie die Leute kamen, allein, zu zweit, in kleinen Gruppen, die Frauen geschminkt, zurechtgemacht, die Männer betont lässig, mit offenem Mantel, sie lachten und redeten, manche kannte ich, viele hatte ich noch nie gesehen. Mir fiel ein, dass ich kein Geschenk für Becca hatte, ging trotzdem hinauf, die Musik stülpte sich über mich wie eine zweite Haut, ich begann zu tanzen, ohne jemanden begrüßt zu haben. Ich fühlte mich wie jemand anderes, das Kleid, die Schuhe, einer, den ich nicht kannte, lächelte mich an, ich machte Bewegungen, die ich noch nie gemacht hatte. Er war groß, hager, aschblonde Haare, ein schiefes Lächeln, er war nicht mein Typ, ich flirtete mit ihm.

Später bekam ich Durst, ging mir ein Bier holen, stand in der Küche und hielt mir die kalte Bierflasche an die Stirn. Am Küchentisch saß eine Runde Schauspieler, zwei oder drei kamen mir vage bekannt vor, ohne dass ich hätte sagen können, woher. Einer von ihnen, ein kleiner gedrungener Typ mit kahlem Schädel und abstehenden Ohren, zog eine One-Man-Show ab, die anderen lachten zu laut und zu viel, lehnten sich dabei weit zurück, warfen den Kopf nach hinten, es wurde soviel geraucht, dass sich im Lichtkegel der Deckenlampe eine stehende Wolke gebildet hatte. Ich setzte mich zu ihnen, lachte mit, hörte nicht zu, bat meinen Sitznachbarn um eine Zigarette, obwohl ich nicht rauche. Eine sehr hübsche, sehr junge Frau am anderen Ende des Tisches lachte mich immer wieder an, dazwischen sah sie mir ganz gerade in die Augen, ich verstand nicht. Eine andere, ältere, mit roten Haaren und großem, stark geschminkten Mund, die zwei Plätze links von mir saß, berührte mich am Arm, du hast doch in dem Stück vom Schwab gespielt, im 3.Raum, du warst

fantastisch, ich lächelte devot, ich hätte mich gerne dabei im Spiegel gesehen.
Die Leute fingen jetzt an sich zu unterhalten, der Kahlköpfige lief mit seiner Show immer mehr ins Leere, er war betrunken und merkte es nicht. Die sehr hübsche, sehr junge Frau stand auf und kam zu mir, strich sich eine Haarsträhne hinters Ohr, sagte: Komm mit, nahm mich bei der Hand wie ein Kind und zog mich davon. Wir liefen durch die großen, hohen Räume, die kahl und leer waren bis auf Beccas Bilder, die überall herumstanden, an der Wand lehnten, auf Staffeleien, teilweise verkehrt herum, auf dem Kopf oder mit der bemalten Seite zur Wand. Ich wusste nicht, wohin wir gingen. Die Gäste standen in Gruppen herum oder saßen auf dem Boden, auf Holzkisten, sahen sich die Bilder an, drehten sie um, gingen ein paar Schritte zurück, verschränkten die Arme. Ich hätte das auch gerne gemacht, aber ich wurde weiter und immer weiter gezogen von dieser kleinen, fragilen Hand, ich wusste nicht, ob wir ein Ziel hatten, oder ob wir die ganze Nacht durch diese Zimmer laufen würden in einem Rausch aus Farben und Formen und Worten und Rauch, ich hätte mich nicht gewehrt.
Endlich machten wir halt, wir standen vor einer riesigen Leinwand, ein Querformat, etwa drei Meter lang, die Frau sagte: Da, sonst nichts, sie stand da, die Hände hinter dem Rücken, ihre Brust hob und senkte sich schnell, sie sah das Bild an und strahlte.
Auf dem Bild waren Miloš und ich, wir waren

nackt, wir umarmten uns in einem Dschungel, Lianen wanden sich um unsere Beine, Miloš sah mich an, ich hatte die Augen geschlossen. Das ganze Bild leuchtete grün, auch unsere Haut war grünlich, kaum von der Umgebung zu unterscheiden, wir verschmolzen mit dem Urwald wie Baumschlangen.

Ich drehte mich um und ging Becca suchen, ich war wütend, ich wollte sie schlagen, sie wenigstens anschreien vor allen Leuten, das darfst du nicht, du hättest mich fragen müssen. Die kleine, hübsche Frau hüpfte neben mir her, sie redete jetzt auf mich ein, ich schob Leute zur Seite, bahnte mir meinen Weg, stolperte über Gläser und Aschenbecher.

Dann sah ich Becca, sie tanzte eng umschlungen mit einem Mann, einem schönen Mann mit olivfarbener Haut und langen, schwarzen Haaren, zu einem losen Zopf gebunden. Sie tanzten Wange an Wange, innig, entrückt, ich wurde unsicher. Ich wollte zurückgehen und nachsehen, was auf dem Bild war, ließ mich auf eine der Holzkisten sinken. Ich bin Tanja, sagte die kleine Frau, sie hockte neben mir auf dem Boden, soll ich dir etwas zu trinken bringen? ich nickte, sah Becca und ihrem Liebhaber beim Tanzen zu, es war schön, schön und traurig. Tanja kam mit einer Flasche Rotwein und einem Glas, ich trank, sie schenkte mir nach, ich wurde betrunken und wollte auch tanzen. Ich fasste Tanja um die Taille und drehte mich langsam im Kreis, in den Raum hinein, Astor Piazzolla, dann Gotan Project, unvermeidlich. Später tanzte

ich wieder mit dem Hageren, Blonden, ich sagte: Ich will nicht wissen, wie du heißt. Ich trank noch mehr Wein, ich schwitzte und ging ins Bad, um mich abzukühlen. Auf dem Badewannenrand saß Miloš, neben ihm die Frau im Minirock, die heute Morgen vor meiner Auslage gestanden hatte. Er trug ein weißes Rüschenhemd, an der Seite geschnürte Hosen und hohe Velourlederstiefel mit Stulpen, er sah aus wie Cyrano de Bergerac. Die Frau im Minirock stand über ihn gebeugt und redete in einem fort auf Portugiesisch, leise und sehr schnell, ich ging zum Waschbecken, sagte laut: Hallo! die Frau hörte sofort auf zu sprechen und es wurde still. Ich sah Miloš im Spiegel, ich kam mir idiotisch vor, er sah mich belustigt an und sagte: Hallo! als würde es ihn amüsieren, von einer völlig Fremden gegrüßt zu werden, total betrunken wahrscheinlich, Beccas Parties sind ja legendär. Die Frau starrte mich an wie schon in der Schneiderei, nicht feindselig oder abweisend, eher so, als wenn sie sich mein Gesicht einprägen müsste für alle Zeiten, für welche?
Ich beugte mich vor, hielt meinen Kopf unter den Wasserhahn und drehte den Mischregler auf Kalt. Dann bestellte ich ein Taxi.

Wir fuhren durch die stille Stadt, es wurde schon hell, die Straßen waren ausgestorben. Ich öffnete das Fenster und hielt mein Gesicht in den kühlen Fahrtwind, der Fahrer sprach nicht, Gott sei Dank. Am Naschmarkt zogen die Verkäufer ihre Rollläden hoch, schleppten Gemüsekisten,

Papierfetzen trieben über den Gehsteig, mir war ein wenig schwindlig. Als wir an Schönbrunn vorbeifuhren, stoppte ich den Wagen, bezahlte und stieg aus. Ich ging über den feinen Kies auf das Schloss zu, das Geräusch erschien mir übermäßig laut. Ein paar Jogger kamen mir entgegen, sie liefen durch die Alleen mit den exakt gestutzten Bäumen und gaben mir ein merkwürdiges Gefühl von Normalität. Dicke, behäbige Krähen hockten schwarz zwischen den schwarzen Ästen, flogen auf in den milchigen Morgenhimmel, krächzten unaufhörlich. Links von mir tauchte das Palmenhaus auf, ich sah es wie auf einer Postkarte, aus weiter Entfernung, ganz klein. Mein Magen knurrte, aber für den Maronibrater war es noch zu früh. Zu Hause duschte ich, bis es kein heißes Wasser mehr gab und schlief dann zehn Stunden ohne Unterbrechung, ohne einen Traum.
Als ich aufwachte, wurde es schon wieder dunkel, zum Frühstück hörte ich Tom Waits ... *they say if you get far enough away, you'll be on your way back home* ... danach rief ich Thomas an und verabredete mich mit ihm für den Abend.
Bevor ich aus dem Haus ging, leerte ich den Postkasten, in meinem Fach lag eine einzige Ansichtskarte. Darauf zu sehen war ein Stück eines sehr breiten Flusses und ein Boot mit zwei Männern in Tropenhelmen und einer Frau mit einem bunten Kopftuch, dahinter, wie eine Wand, die Vegetation eines Dschungels. Auf der linken Seite war eine Gruppe von Bäumen mit einem schwarzen Stift umkreist. Ich drehte die Karte um.

Maya, du wolltest immer wissen, wie der Regenbaum in seiner natürlichen Umgebung aussieht. Hier gibt es so viele davon! Ich habe sie für dich auf der Karte gekennzeichnet. Ich wünschte, du könntest sie sehen. Miloš

Rostrot

Das Erste, woran ich denke, als ich Matthäus am Buffet stehen sehe, ist dieser Song. Ich erinnere mich weder an den Titel, noch an den Text, auch nicht an die Band, aber da ist dieser Sound, der in mich einsickert wie Regen in trockenes Land, flüssiger Sound mit fluoreszierenden Teilchen darin, der durch meinen Körper fließt, ihn bewegt ohne mein Zutun.
Als ich ihn das erste Mal hörte, war ich noch nicht in Matthäus verliebt, doch jetzt, zehn Jahre später, während ich hier stehe und vor allem seine Hände betrachte, wie sie Salat und Brötchen auf einen Teller häufen, denke ich, dass dieser Song der Anfang war. Sind es noch dieselben Hände? Ich habe nicht auf sie geachtet, damals, als wir uns alle bei Simon trafen, Lea, Horny, Felix, Clara und ich. Und Matthäus natürlich. Matthäus ging nicht in unsere Schule, ich glaube, Horny hatte ihn mal mitgebracht, Horny, der eigentlich Martin hieß, aber nicht so aussah, dafür trug er eine wirklich dicke Hornbrille. Wir saßen alle in Simons Zimmer, das nicht größer war als eine geräumige Schuhschachtel, drei von uns saßen auf dem Bett, ich saß mit Lea und Clara am Boden, den Rücken an den Einbaukasten gelehnt und Simon saß auf dem Drehsessel an seinem Schreibtisch und bediente die Stereoanlage, die rechts von ihm in einem Bücherregal stand. Jeder Zentimeter

des Zimmers war optimal genutzt, wie in einem Raumschiff, wir fühlten uns wohl da drin und Simons Eltern waren selten zu Hause. Wunschkonzert, rief Simon manchmal, wenn ihm keine Musik mehr einfiel, die er gerne hören wollte (was selten vorkam) und wir durften uns jeder einen Song aussuchen. An dem Tag, an den ich denke, waren wir schon durch Nirvana, R.E.M. und die Smashing Pumpkins durch, als Matthäus an die Reihe kam. Ich weiß noch, dass alle stöhnten, als er sagte, was er hören wollte, alle außer mir. Ich mochte diesen Song, ich erinnere mich an eine hohe, durchscheinende Frauenstimme, darunter ein e-Piano wie geschmolzene Butter, knisternde elektronische Reflexe und ein hypnotischer, gleichbleibender Beat. Ich saß da und sah aus dem Fenster, es war November, der Nebel weichte die Konturen auf und machte alles zweidimensional, die Welt endete fünf Meter vor dem Haus. Lea sagte etwas, aber ich hörte es nicht, hörte nur die Musik und dann sah ich Matthäus. Er hatte die Augen geschlossen und bewegte sich im Rhythmus hin und her, sein langer, magerer Oberkörper bog sich vor und zurück und plötzlich hatte ich ein Gefühl, das ich nicht kannte. Meine Haut schien sich von meinem Körper zu lösen, von den Muskelsträngen und Sehnen und der entstehende Hohlraum wurde mit einer Flüssigkeit gefüllt, die sich rasch über meinen ganzen Körper verteilte. Etwas Warmes, Salziges breitete sich in mir aus, und da war ein Ziehen, das in den Zehenspitzen begann und sich langsam nach oben arbeitete. Ich war erstaunt. Ich hielt ganz still, als könnte ich das Gefühl mit einer unbedachten Bewegung vertreiben. Irgendwann war der Song zu Ende, Matthäus öffnete die Augen und zuckte zusammen, er fühlte sich ertappt, aber er sah nicht weg. Die anderen redeten weiter und lachten, sie waren meilenweit entfernt. Dann begann Matthäus zu lächeln und ich dachte, das muss es sein, ich wusste nicht, was. Horny brüllte Chili Peppers! Simon wollte aufs Klo und wir mussten alle aufstehen, damit er zur Tür kam.

Ich arbeite mich durch die Menge vor zum Buffet, als ich dort bin, fehlt mir der Mut, Matthäus einfach zu begrüßen, vielleicht erkennt er mich gar nicht, oder er erinnert sich nicht, dann müsste ich etwas sagen wie: Sofie, weißt du noch, eine Freundin von Horny, der mit der dicken Brille, hast du noch Kontakt mit ihm? Ich nehme mir einen Teller, obwohl ich keinen Hunger habe, lege ein einzelnes Brötchen darauf, es sieht mickrig aus. Matthäus steht inzwischen links vom Buffet und unterhält sich mit einer gutaussehenden Frau mit unglaublich vielen, roten Haaren, die ich nicht kenne. Ich überlege sofort, ob sie seine Freundin sein könnte, aber die Körperhaltung der beiden drückt zuviel Distanz aus, zuviel freundliches Interesse. Ich stelle mich gerade eben so nahe zu ihnen, dass es nicht auffällt und schaue woanders hin. Ich möchte seine Stimme hören, aber es ist die rothaarige Frau, die spricht, sie erzählt etwas von ihrem Studium, wahrscheinlich Psychologie, sie ahmt einen schrulligen Professor nach, Matthäus lacht: Ich glaube, ich weiß, wen du meinst. Ich erschrecke so sehr, dass ich fast meinen Teller fallen lasse, nur mit Mühe unterdrücke ich den Impuls, mich umzudrehen und ihn anzustarren wie ein Phantom. Seine Stimme ist tiefer, natürlich, aber der Tonfall und sein Lachen schlagen irgendwo oberhalb des Nabels in mich ein, meine Rippen vibrieren. Rasch sehe ich mich nach einem Fluchtweg um, mir ist nach frischer Luft, ich überquere die Tanzfläche, gehe in Richtung Balkon und hoffe, dass mich niemand anspricht. Als ich draußen bin, lehne ich mich gegen die Hauswand und zünde mir eine Zigarette an. Tief unter mir rauscht der abendliche Verkehr die Billrothstrasse hinunter, ich habe plötzlich das Gefühl, in einer fremden Stadt zu sein, in Rom oder Berlin oder Madrid, seit wann habe ich mich nicht mehr so gefühlt? Nie habe ich seither an diese Zeit gedacht, morgens aufstehen und zur Schule gehen, wenn es noch dunkel ist, Pickel ausdrücken vor dem Badezimmerspiegel, nachmittags ins Kino gehen, zu zehnt. Sie kommt mir unwirklich vor, diese Zeit, obwohl sie noch gar nicht so lange her ist, oder doch? Schon als ich achtzehn war, wusste ich kaum noch, wie es gewesen war, vierzehn zu sein, und nachdem ich maturiert hatte, trieb alles, was hinter mir lag, mit erstaunlicher Geschwindigkeit von mir weg, wie die Küste eines Landes, das man endgültig verlässt, mit dem schnellsten Schiff, das man bekommen kann. Ich stand nicht an der Reling, um zurückzuschauen.

Nachdem ich meine Zigarette fertiggeraucht habe, gehe ich wieder hinein, um mir etwas zu trinken zu holen, ich bin unglaublich durstig. Dave steht hinter einem großen Servierwagen auf Rollen, der über und über mit Flaschen vollgestellt ist, schneidet Limonen und Orangen in kleine Stücke, zerstößt Eis, schüttelt den Barmixer, füllt verschiedenfarbige Flüssigkeiten in Gläser, dabei folgt er einer eigenen Choreographie, wie bei einem Tanz oder einer Pantomime. Im Raum ist es sehr laut, ich muss schreien und gestikulieren, um mich verständlich zu machen, aber Dave ist geübt, er nickt mir zu und macht sich an die Arbeit. Während ich auf mein Getränk warte, umarmt mich jemand von hinten, dreht mich um und küsst mich auf den Mund, ich spüre eine, glatte, spitze Zunge zwischen meinen Zähnen. Armin und ich kennen uns seit zwei Jahren, waren zu Beginn ein paar Mal miteinander im Bett gewesen und haben uns danach nicht abgewöhnt, uns zu küssen. Eigentlich war das schon alles gewesen, das Küssen, unsere Affäre hat dem nichts mehr hinzugefügt. Seither haben wir dieses unbefangene, harmlose Verhältnis zueinander, das entsteht, wenn die Möglichkeit des Sex abgehakt ist. Ich küsse ihn gern, aber heute bringt es mich völlig aus der Fassung, ein unerhörtes Eindringen, viel zu intim, unwillkürlich lege ich mir eine Hand auf den Mund. Armin merkt es nicht, er schreit: Verdammt heiß hier drinnen! lässt sich von Dave einen Tequila geben und zieht mich ins andere Zimmer, zurück zum Buffet, wo die Musik leiser ist. Während er isst, trinke ich schnell und in großen Schlucken, höre nur mit halbem Ohr zu, was er mir erzählt, halte Ausschau nach Matthäus. Er steht immer noch an derselben Stelle, mit einem Glas in der Hand, er spricht jetzt mit einem Freund von Dave, den ich nur flüchtig kenne, so kommt er also hierher, denke ich, Wien ist ein Dorf. Ich riskiere einen genaueren Blick in sein Gesicht, schärfer geschnitten, als ich es in Erinnerung habe, die Wangenknochen deutlicher, der Mund jetzt erwachsen, nicht mehr so weich, als sähe ich eine fertige Skulptur, von der ich nur den Entwurf gekannt hatte. Ich würde es gerne berühren, dieses Gesicht, es abtasten, mit geschlossenen Augen. Vielleicht ist dieser Wunsch nur eine Erinnerung, dennoch kommt er mit derselben, fast schmerzhaften Intensität auf wie beim ersten Mal, um vier Uhr morgens in Leas Zimmer.

Wir waren die ganze Nacht wach gewesen, hatten geraucht, geredet, Musik gehört. Nachdem die Kerzen heruntergebrannt waren, hatten wir keine neuen angezündet, auch kein Licht gemacht, wir fanden es schön, im Dunkeln zu sitzen wie in einer warmen, gemütlichen Höhle, wir redeten und lachten leise, um Leas Eltern nicht zu wecken. Dann begann der Himmel draußen heller zu werden und unsere müden, übernächtigten Gesichter schälten sich langsam aus der Dunkelheit heraus. Matthäus saß rechts von mir, und als er sich zu mir beugte, um mir Feuer zu geben, sah ich sein Gesicht, als sähe ich es zum ersten Mal wirklich – die feinen Linien von Nase und Mund, die

Form seines Kinns, den Schwung der Augen und der Brauen … meine Hände wurden magnetisch angezogen und ich musste sie mit aller Gewalt zurückhalten, ich begann zu schwitzen und ich glaube, ich hörte auf zu atmen. Irgendwann wurde mir bewusst, dass ich eine Zigarette in der Hand hielt und Matthäus darauf wartete, dass ich sie in die Flamme zwischen uns hielt und daran zog. Ich beugte mich abrupt vor, sog den Rauch ein und hustete, Matthäus zeigte auf meine Zigarette: Das war verkehrt rum. Wir lachten, er berührte mich leicht am Oberarm. Während wir alle in die Küche gingen, um etwas zu essen, hielt ich meine Hand auf die Stelle wie auf eine Verbrennung. Matthäus und ich lehnten am offenen Fenster und aßen unsere Brote, die anderen saßen am Tisch und rissen Witze über einen unserer Lehrer. Als wir fertig gegessen hatten, gingen sie zurück in Leas Zimmer und wir blieben einfach stehen und sagten nichts. Es war sehr still in der Küche, ich war froh, dass wenigstens der Kühlschrank summte. Ich spürte Matthäus´ Hüfte, sie passte genau in meine Taille. Mein Körper fühlte sich kleiner und dünner an, als er war, mein Hals zu dünn, um ihn zu tragen. Ich lehnte meinen Kopf an seine Brust, zögernd legte er den Arm um mich und begann, sanft meinen Oberarm zu kneten, genau an der Stelle, an der er mich vorhin berührt hatte. Ich spürte, dass seine Hand zitterte, dass er versuchte, das Zittern zu unterdrücken. Ich erwiderte den Druck seiner Hüfte, eine Welle raste auf mich zu, mein Herz schlug mit Fäusten gegen meine Rippen. Ich wagte nicht, ihn anzusehen, hatte Angst vor diesem Magnetismus, als zöge er mich unaufhörlich einem schwarzen Loch entgegen, indem ich verschwinden würde, auf immer. Unsere Schenkel hatten sich ein Stück übereinander geschoben, sodass ich halb vor ihm stand, er umfasste mich mit beiden Armen, schob meine Haare mit dem Kinn zur Seite und küsste vorsichtig meinen Hals. Ich wollte mich umdrehen und seinen Mund sehen, die Konturen mit einem Finger nachzeichnen. Einen kurzen Moment stellte ich mir vor, wie es sein würde, eine zweite Zunge in meinem Mund zu haben, würde ich sie als fremd empfinden? Ich hielt schon wieder die Luft an und hörte Matthäus' Atem umso deutlicher an meinem Ohr, unnatürlich laut, als würde jemand unter Wasser in einen Schnorchel atmen. Ich wartete auf eine Explosion, aber sie kam nicht. Wir standen sicher eine halbe Stunde da am Fenster, pressten unsere Körper aneinander, staunend und hilflos, wir sahen uns noch immer nicht an und küssten uns nicht. Irgendwann kam Lea mit Horny und Simon und sagte, sie müsse jetzt endlich schlafen. Matthäus ließ mich los, und wir gingen nach Hause. Wir liefen hintereinander die Treppen hinunter, ich sah seinen schmalen Rücken und die zerzausten braunen Locken, wie sie vor mir auf und ab tanzten, unten vor dem Haus sagten wir Tschau zu unseren Schuhen, drehten uns um und gingen in verschiedene Richtungen davon. Wir waren vierzehn. Zwei Wochen später zog Matthäus mit seiner Mutter und ihrem neuen Freund nach Berlin, ohne dass wir uns noch einmal sahen. Horny erzählte es mir und er redete eine Weile davon, ihn zu besuchen, aber dann passierten andere Dinge, und Berlin war weit weg.

Armin steht immer noch da und schaufelt Salat in sich hinein, er hat wohl gemerkt, dass ich ihm nicht zuhöre, er folgt meinem Blick: Jemand, den du kennst? Ich zucke mit den Achseln: Ich weiß nicht, Armin stellt seinen Teller weg, kippt seinen Tequila hinunter: Komm, wir tanzen ein bisschen. Er nimmt mich an der Hand und ich bin dankbar, dass er mich von dort wegholt, es tut gut, sich zu bewegen, die Musik löst die Spannung in meinem Nacken, bringt mich zurück in die Gegenwart. Trotzdem kann ich nicht aufhören, an Matthäus zu denken, seine Anwesenheit ist wie ein feines elektrisches Summen in meinem Kopf, ich kann es nicht abstellen. Jetzt, nachdem sich die Schleusen meiner Erinnerung geöffnet haben, erscheint es mir noch unmöglicher, mit ihm zu sprechen, mir auch nur den geringsten Anstrich von Unbefangenheit zu geben. Und was sollte ich ihm überhaupt erzählen, frage ich mich, ich kenne ihn doch kaum, kannte ihn auch früher nicht besser, all die Nachmittage und Nächte in verrauchten Zimmern und Cafés, worüber haben wir da eigentlich geredet, ich weiß es nicht. Es ging nicht um Worte, damals. Es ging um das Gefühl, zusammenzugehören, wir wussten nicht, warum oder wodurch. Heute wohne ich mit Bila zusammen, weil wir denselben Job machen, treffe mich

mit Leuten von der Uni und gehe mit Männern aus, die mir gefallen, alles ist so erklärbar.
Während ich mit Armin auf der Party herumziehe, mit Leuten rede, noch mehr trinke, wandert ein Teil von mir weiter in der Vergangenheit herum, sie ist in mich eingezogen wie ein neuer Bewohner, der ein Stockwerk unter mir vor sich hin rumort. Ich lache und versuche mich zu erinnern, worüber ich gelacht habe, als ich vierzehn war. Jemand fragt mich, wie es mir geht, ich sage gut, danke, ist es mir gut gegangen, als ich noch zur Schule ging, so wie es mir jetzt gut geht, oder was habe ich damals gemeint, wenn ich das sagte. Ich gehe zur Garderobe, um mir aus meiner Manteltasche eine neue Packung Zigaretten zu holen und mir fällt auf, dass ich nicht mehr weiß, wie ich mit dem Rauchen begonnen habe. Ich bleibe einen Moment stehen, schließe die Augen und warte auf das Bild, und da ist es. Ein verschneiter Park, morgens um halb acht, meine frierenden Finger, wie sie die Zigarette halten, das beißende Gefühl in der Lunge, der leichte Schwindel. Als ich in die Küche zurückgehen will, wo Armin und die anderen sitzen, sehe ich ein Paar, das im Flur an der Wand lehnt und sich küsst, ich muss hinsehen, ich kann nicht anders. Dabei denke ich an eine Straßenbahnfahrt von der Schule nach Hause, kurz nachdem Matthäus aus Wien weggezogen war. Stefan ging in meine Klasse, wir hatten den gleichen Schulweg, er war nett und wurde jedes Mal rot, wenn er mich sah. Als die Straßenbahn in die Kurve ging, verlor ich das Gleichgewicht und fiel

auf ihn drauf, er hielt mich fest und steckte mir seine Zunge in den Mund. Sie war nass und warm, ich roch seinen Schweiß, und sein beginnender Bartwuchs auf der Oberlippe kratzte ein wenig. Sonst fühlte ich nichts. Ich wehrte mich nicht, es war ein physikalisches Experiment, ich dachte, ich sollte es einfach mal machen. Aber nachdem ich ausgestiegen war, wischte ich mir mit dem Ärmel meines Pullovers den Mund ab und verspürte eine unbestimmte Traurigkeit.

Ich mache einen Umweg über Dave und seinen Servierwagen, um mir noch einen Drink zu holen, obwohl ich weiß, dass es nicht gut für mich ist. Wenn ich müde wäre, könnte ich nach Hause gehen, mich ins Bett legen und schlafen, ich trinke, weil ich hoffe, davon müde zu werden. Ich drehe eine Runde, um zu sehen, ob Matthäus noch da ist, aber er ist nirgends zu sehen. Panik überkommt mich, das überwältigende Gefühl von Versäumnis, wiederholtem Versäumnis, eine große Leere. Ich versuche nachzudenken. Ich könnte Daves Freund fragen, aber ich weiß nicht mal seinen Namen, oder Dave selbst, aber der würde wissen wollen, warum. Das Denken fällt mir schwer, die Gedanken verschwimmen in meinem Kopf und fransen an den Rändern aus. Der Einfachheit halber gehe ich zu Armin in die Küche und setze mich wieder an den Tisch. Anscheinend sehe ich ein wenig mitgenommen aus, denn Armin fragt: Alles in Ordnung mit dir? und kurz darauf: Bist du müde, soll ich dich nach Hause bringen? ich winke ab. Und dann, zehn Minuten später, steht er plötzlich da, ich habe ihn nicht kommen sehen, er steht unschlüssig in der Küchentür und schaut in die Runde. Erst als er meinen Blick auffängt, merke ich, dass ich ihn mit offenem Mund anstarre. Es dauert eine quälend lange Sekunde, bis er mich erkennt. Dann kommt er auf mich zu, viel zu schnell, ich würde jetzt gerne die Zeit anhalten wie diese Hexen im Fernsehen, mir in Ruhe überlegen, was jetzt zu tun, was zu sagen ist, oder ihn einfach nur eine Weile anschauen, da ist er schon bei mir. Sofie, sagt er, es ist keine Frage, es ist eine Feststellung, auch eine Erinnerung, schon dieses eine Wort, mein Name. Ich drehe die Handflächen nach oben und lache, Matthäus, sage ich, wie kommst du denn hierher, obwohl ich es ungefähr weiß. Mit einem Mal fühle ich mich sehr leicht, ich rücke zur Seite, damit er sich neben mich setzen kann. Er stützt sich mit den Ellenbogen auf den Knien ab und lächelt: Na ja, du weißt ja, wie das geht. Jemand sagt: Ich gehe heute Abend auf eine Party, ein Freund von mir macht dort den Barkeeper für eine Freundin von ihm, die hat Geburtstag, glaub ich, kommst du mit? Jetzt lacht er auch, ich wusste nicht mehr, wie er lacht, ich wünschte, er hörte nie mehr auf damit, dann müssten wir nicht weiterreden. Alles, was mir einfällt, kommt mir unerträglich banal vor, bedeutungslos, oberflächlich. Aber dann ist da doch etwas, das ich wirklich wissen will. Lebst du wieder in Wien? frage ich, er macht eine wegwerfende Handbewegung. Schon lange, sagt er, bin gleich

nach dem Abi wieder zurück.
Hat es dir in Berlin nicht gefallen? Ich zünde mir eine Zigarette an, um meine Hände zu beschäftigen.
Doch, Berlin war gut, aber mein Zeugnis hat nicht für die Uni gereicht. Für Psychologie braucht man da 1,5.
Da sitzen wir also und unterhalten uns über den deutschen Numerus Clausus, über unser Studium und natürlich kommen auch die unvermeidlichen Fragen nach den alten Freunden, aber keiner von uns hat noch Kontakt zu einem von ihnen. Es entsteht eine merkwürdige Pause, in der ich umständlich meine Zigarette ausdämpfe, und Matthäus aus unerfindlichen Gründen mehrmals den Kopf schüttelt, wie einer dieser Hunde, die manche Leute auf die Heckablage ihres Autos stellen, eine Geste, die ihn viel älter wirken lässt als er ist. Jetzt kommen die Bücher und die Filme, denke ich, und kurz verspüre ich den Impuls, mich zu verabschieden und nach Hause zu gehen, die ganze Schublade sorgfältig wieder zu schließen, zu vergessen. Dann fällt mir auf, dass wir uns nicht mehr angesehen haben, seit er sich neben mich gesetzt hat und mir wird bewusst, dass unsere Knie sich berühren.
Ich beuge mich vor und sehe Matthäus von der Seite an. Er hat aufgehört, mit dem Kopf zu wackeln und starrt jetzt auf den Terrazzofußboden zwischen seinen Füßen, als gäbe es dort etwas zu sehen. Ich weiß, was er sieht, und doch wünschte ich, es würde dort auf dem Boden auftauchen, die

beschädigte, lückenhafte Schwarzweißkopie des alten Films, seines Films. Ich betrachte sein Profil mit der sehr geraden Nase und dem leicht trotzig wirkenden, glattrasierten Kinn, fixiere seine zu Boden gerichteten Augen so lange, bis er nicht mehr so tun kann, als würde er es nicht bemerken. Langsam dreht er den Kopf, er nimmt sich Zeit. Als unsere Blicke sich treffen, kann ich deutlich ein Geräusch hören, ein Klicken, das Einrasten zweier Zahnräder.

Zwei Stunden lang laufen wir durch die Stadt. Wir haben die Party verlassen, ich habe einen Spaziergang vorgeschlagen und wir sind gegangen. Es ist immer noch heiß, der Asphalt dampft nach einem kurzen Regenguss, der keine Kühlung bringt. Wir schlendern nicht, wir gehen schnell und zielstrebig, ohne zu wissen wohin. Auch an den Kreuzungen bleiben wir nur stehen, wenn uns vorbeifahrende Autos dazu zwingen, aber es ist spät und der Verkehr spärlich. Manchmal biegt einer von uns unvermutet ab, und der andere folgt ihm. Wir werfen uns gegenseitig Fakten aus unserem Leben zu wie einen Spielball, dabei achten wir darauf, dass keiner ihn zu lange behält. Unterschiedslos erzählen wir uns Berufliches und Privates, ohne in die Tiefe zu gehen, ohne etwas zurückzuhalten. Es ist, als würden unsere Biographien, während wir gehen, zu beiden Seiten an uns vorbeigezogen und wir müssten uns beeilen, um Schritt zu halten. Es sind kurze, schnell wechselnde Bilder, wie in einem Videoclip oder einer Diashow, Matthäus in Berlin 1994, die Atmosphäre der abbröckelnden Euphorie, Raves in alten stillgelegten Fabriksgebäuden, ein Mädchen namens Kerstin, das erste Mal und das letzte für lange Zeit, die Schule, Abschluss ohne Befriedigung, das Scheitern seiner Beziehung zu seinem Stiefvater. Ich wundere mich, wie viel er aus dieser Zeit weiß, berichte von meiner Arbeit im Integrationshaus, der Freundschaft mit Bila, dem Studium, vom Tod meines Vaters voriges Jahr, meinem vergeblichen Versuch, lesbisch zu werden, ja sogar von Armin.

Einmal bleiben wir wie auf Kommando vor einer hell erleuchteten Auslage stehen, in der mindestens fünfzig verschiedene Muster für teure Marmorfußböden und keramische Fliesen ausgestellt sind. Nachdem wir eine Weile schweigend und verständnislos in die Auslage gestarrt haben, nimmt Matthäus meine Hand: Ich war lange in Lea verliebt, wusstest du das? Er sagt es nicht, um etwas zu erklären, es ist seine Art, zu sagen, dass er sich erinnert. Statt einer Antwort drücke ich seine Hand, wir drehen uns um und gehen weiter, ich habe längst die Orientierung verloren. Rechts von uns führt ein kleiner Promenadenweg steil bergauf, ich sehe das weiß-blaue Schild, das ihn als Sackgasse kennzeichnet und biege ein. Wir gehen an zwei Tennisplätzen, einer modernen Villa mit Swimmingpool und einer Kleingartensiedlung vorbei, dann endet der asphaltierte Teil des Weges, hinter einem Schranken liegt eine große Wiese, ein schmaler Pfad teilt sie in zwei Hälften

und verliert sich weiter hinten zwischen den Bäumen. Der Himmel ist unnatürlich hell, mit einem roten Schimmer überzogen, der von der links unten liegenden Stadt auszugehen scheint. Matthäus lässt meine Hand los, nimmt Anlauf und flankt über den Schranken, im selben Augenblick läutet sein Handy. Wir bleiben beide wie angewurzelt stehen und lauschen ungläubig der Melodie von *Light My Fire*. Es vergehen einige Sekunden, die Zeit verbiegt sich wie überhitztes Plastik und reißt auf, da ist ein Riss in der Zeit, denke ich, wenn Matthäus jetzt sein Telefon rausholt, fallen wir hinein. Aber er tut es nicht, keiner von uns bewegt sich. Auch nachdem es schon aufgehört hat zu läuten, stehen wir noch einen Moment still da, dann gehe ich vorsichtig um den Schranken herum.
Während wir die Wiese überqueren, verschränke ich die Arme vor der Brust, Matthäus steckt seine Hände in die Hosentaschen, wir gehen jetzt langsamer und ohne zu sprechen. Die Nacht hat die Farbe gewechselt, von tiefblau nach rostrot, wie die abblätternde Farbe des Klettergerüsts auf dem Kinderspielplatz, auf den wir am Ende der Wiese stoßen. Es ist keiner von diesen modernen Spielplätzen mit Rindenmulch, biologisch vertretbaren Holzgerüsten und Zaun rundherum, eher eine vergessene Ansammlung altmodischer Spielgeräte, wir müssen beide grinsen, so sehr gleicht dieser Ort einem eigens für uns entworfenen Bühnenbild. Eine ausgeleierte Wippschaukel aus Metall steht neben dem Klettergerüst, als ich sie mit der Hand in Bewegung setzte, lässt sie ein

schauderhaftes Quietschen hören, ich grinse noch ein wenig breiter und setzte mich ans eine Ende, so dass es ganz nach unten sinkt. Matthäus stürzt sich mit Gejohle zum anderen Ende, springt hoch und hechtet auf die Schaukel. Sofort sause ich in die Luft und Matthäus schreit Au,. als die Wippe auf seiner Seite hart und ungefedert am Boden aufkommt. Lachend bringen wir unsere Beine so in Position, dass ein Gleichgewicht entsteht. Wir beginnen auf und ab zu wippen, suchen den richtigen Rhythmus, den richtigen Punkt, um abzufedern. Unser Rhythmus ist schnell, atemlos, die Sätze fliegen zwischen uns hin und her.
Erinnerst du dich noch an den Spielplatz bei Horny ums Eck …
In diesem Park mit den komischen Hundeskulpturen …
Gibt´s die eigentlich noch?
Keine Ahnung, war seit hundert Jahren nicht mehr dort.
Da war diese Schaukel mit den langen Seilen, du hast immer geschaukelt bis zum Umfallen.
Ja, es war wie fliegen …
Einmal hast du´s übertrieben, nach dem Kiffen, wir mussten dich nach Hause tragen.
Das weißt du noch?
Ich weiß noch viel mehr …
Ich kann sein Gesicht nicht gut sehen, aber sein Tonfall ist lebhaft, fast ungeduldig.
… dieser eine Nachmittag, an dem du deinen Rucksack verloren hast, du warst wirklich verzweifelt, dein ganzes Schulzeug drin, aber vor allem

Simons Portishead-CD, die er dir geborgt hatte. *Portishead.* Ein düsteres, ganz in blau gehaltenes Cover, eine zerbrechlich wirkende Frau in einem schillernden Kleid mit einer seltsamen Blessur an der Wange, kaltes Scheinwerferlicht. Matthäus, im Schneidersitz auf Simons Bett, in einem verwaschenen, blauen T-Shirt mit weißer Schrift, unter dem sich seine hervorstehenden Rippen abzeichnen, sein sich wiegender Körper und der Ausdruck völliger Selbstvergessenheit …
Wir waren den ganzen Nachmittag unterwegs gewesen, Kino, Café, Park, Plattenladen, und dann mussten wir alle Plätze nochmals abklappern, um deinen Rucksack zu suchen, es war kalt und alle wollten nach Hause. Er hört auf zu wippen und sieht mich durch die Dunkelheit hindurch an, er versucht, mehr von meinem Gesicht zu erkennen. Wir losten aus, wer mit dir zurück zum Kino fahren sollte, Simon bastelte sechs kleine Zettel, auf einen schrieb er *Gehe zurück an den Start*, wie beim Monopoly, Clara zog den Zettel. Ich war schrecklich enttäuscht. Er macht eine kleine Pause, die bis zum Rand angefüllt ist mit Vergangenheit.
Warum hast du nicht einfach gesagt, dass du mit mir fahren möchtest? In meiner Stimme ist eine Heftigkeit, die ich nicht gewollt habe. Der Augenblick fällt in sich zusammen, von einer Sekunde zur anderen kommt es mir lächerlich vor, ich mit Matthäus auf dieser Wippschaukel, was tue ich hier eigentlich, auch der plötzliche Ernst in unserem Gespräch erscheint mir völlig übertrieben, unangebracht. Ich will schon von der Schaukel

steigen, sagen, dass ich müde bin, dass ich nach Hause will, freundlich, unverbindlich, da sagt Matthäus schlicht: Ich hab mich nicht getraut.
Dieser einfache Satz bringt mich zum Weinen. Es geht so schnell, dass ich es unmöglich verhindern kann und alles angestrengte Schlucken ist umsonst. Schnell lasse ich mich rücklings ins Gras fallen. Ich habe die Höhe unterschätzt, flach wie ein Brett lande ich auf dem Rücken, mir bleibt die Luft weg. Matthäus kommt gelaufen, kniet sich neben mich: Alles in Ordnung mit dir? Ich muss denken, dass ich diesen Satz heute schon einmal gehört habe, dass ich nicht die geringste Ahnung habe, ob mit mir alles in Ordnung ist. Das Einzige, was ich weiß, ist, dass ich etwas ausbessern möchte, einen Irrtum oder Fehler, scheinbar ohne Folgen. Ich stelle mir vor, mein Leben sei ein großer, roter, selbstgestrickter Pullover, in der dritten oder vierten Reihe habe ich eine Masche fallen lassen, irgendwo am Rand, ich dachte, es wäre egal. Ich habe einfach weitergestrickt und bis heute nie wieder daran gedacht. Jetzt habe ich das Gefühl, ich müsste den ganzen verdammten Pullover auftrennen und diese Masche retten, die Lücke schließen.
Ich setze mich auf und wische mir mit einem Zipfel meines Kleides, das mir über die Oberschenkel hinauf gerutscht ist, übers Gesicht. Hast du dich verletzt? fragt Matthäus, dann, mit einem Mal, begreift er, ich kann es in seinen sich verändernden Zügen sehen. Er sieht mich lange an, ich weiß, er sucht das runde Kinn, die langen

Haare, die das vollere Gesicht umrahmen, die Landschaft der Hautunreinheiten, das Muttermal unter dem linken Auge, das ich mir vor ein paar Jahren habe wegmachen lassen. Er wartet geduldig, bis er all das sehen kann, dann schließt er die Augen, nimmt meinen Kopf in beide Hände und küsst mich. Ein Zittern ist in mir, wie hohes Gras im Wind, es pflanzt sich fort von meinen Mund zu seinem, hinter ihm der rötliche Himmel, sternlos. Ich berühre mit einer Hand die Ader an seinem Hals und fühle seinen Puls, schnell und fliegend. Seine Zunge ist angenehm kühl, sie bewegt sich in meinem Mund, als wollte sie ihn ganz in Besitz nehmen, ihn durchmessen, als wäre er ein unendlich weiter Raum. Einen Moment habe ich das Gefühl, keine Luft zu bekommen, ich atme hörbar ein und wieder aus, dann gibt alles in mir nach. Mein Ich weicht zurück wie eine kleine, fremde Figur, die rasch am Horizont verschwindet und alle Bilder mit sich nimmt, zurück bleiben nur Dunkelheit und Wärme, das Geräusch unserer manchmal aneinanderschlagenden Zähne in der Nacht und irgendwo, weit hinten in meinem Kopf, etwas Blaues, ein schwaches, undeutliches Glimmen.
Als wir uns voneinander lösen, merke ich, dass es kühler geworden ist. Matthäus fasst mein Kleid am Saum und zieht es sorgfältig über meine Knie. Er bietet mir eine Zigarette an, gibt mir Feuer, und einen Moment lang leuchten im Schein der Flamme alle Möglichkeiten auf. Wir sitzen nebeneinander, rauchen schweigend und schauen hinunter

auf die Stadt. Ich habe das Gefühl, dass es sehr leicht ist, etwas Falsches zu sagen. Die Versuchung ist groß, das Altbekannte zu tun, Symbole und Gesten zu benutzen, deren Bedeutung mir vertraut ist, aber diese Bedeutungen scheinen nicht zu passen. Ich wende den Kopf und betrachte Matthäus im Profil. Die Zigarette zwischen Zeige- und Mittelfinger geklemmt, kaut er an seinem Daumennagel, ich kann ihn denken sehen, wieder verspüre ich dieses unwillkürliche Hingezogensein zu seinem Gesicht. Er wirft mir einen kurzen Blick zu.
Ich habe ein Bild von dir. Ein Foto. Er macht eine Pause, schaut noch einmal zu mir herüber, als wolle er sich vergewissern, dass ich ihm richtig zuhöre. Nicht von dir allein, wir sind alle drauf, alle außer Lea, sie hat das Foto gemacht und es mir gegeben, kurz bevor ich nach Berlin gegangen bin. Er dämpft die Zigarette aus und wirft sie in hohem Bogen den Abhang hinunter. Ich warte auf die Geschichte, aber sie kommt nicht. Ich bin sicher, dass er gerade eben noch vorhatte, sie zu erzählen, sich im letzten Moment anders entschieden hat. Wieder fällt mir Stefans Kuss in der Straßenbahn ein, ich möchte Matthäus davon erzählen, aber ich weiß nicht, wie. Ein Wind kommt auf, mich fröstelt, ich knote den Pulli, den ich mir um die Hüfte gebunden habe, auf und ziehe ihn an. Plötzlich fühle ich mich einsam, die Intimität ist verflogen, ich will nach Hause, sehne mich nach meinem Bett. Ich stehe auf und streiche mein Kleid glatt. Matthäus schaut zu mir auf, er sieht ratlos aus, ich

strecke ihm meine Hand entgegen, er nimmt sie und lässt sich von mir hochziehen. Als er steht, lässt er mich nicht los, wir stehen eine Weile so da, wie zwei Kinder, die sich verirrt haben, nur, dass wir vergessen haben, Brotstückchen auf den Weg zu streuen. Komm, sagt Matthäus endlich, lass uns noch irgendwo was trinken.
Er zieht mich über die Wiese zurück zum Weg, ich tue so, als würde ich mich wehren, er dreht sich zu mir um und lacht, zieht stärker, beginnt zu laufen, ich stolpere hinter ihm her, jetzt auch lachend und glücklich, glücklich und erleichtert wie jemand, der einer drohenden Gefahr entkommen ist. Wir laufen Hand in Hand den Weg hinunter, bis zur Straße und weiter, immer weiter, bis wir erhitzt und atemlos an einer großen Kreuzung stehen, noch immer lachend. Matthäus tänzelt auf der Stelle hin und her: Wohin jetzt? dann winkt er, ohne meine Antwort abzuwarten, ein vorbeifahrendes Taxi heran, wir springen hinein, als wären wir auf der Flucht. Im Rückspiegel sehe ich den prüfenden Blick des Taxifahrers, ein missmutiger, älterer Mann mit Baskenmütze, Matthäus stupst mich mit dem Ellenbogen in die Seite: Jetzt du. Ich beuge mich in einer übertrieben theatralischen Geste vor zum Fahrer: 6. Bezirk, Nelkengasse, Café Jenseits, dann drehe ich mich um und schenke Matthäus ein verschwörerisches Lächeln, er sagt: Mein Gott, bin ich durstig und lässt sein Fenster herunter. Der Fahrtwind strömt herein und kühlt unsere Gesichter. Während wir durch die Stadt fahren, machen wir uns gegenseitig auf

Plätze aufmerksam, an denen wir gemeinsam waren oder mit denen wir andere Erinnerungen verbinden, als führen wir durch ein Fotoalbum. Vor dem Café bezahlt Matthäus das Taxi.
Draußen auf der Straße überfällt mich kurz die unbestimmte Furcht, einen geschlossenen Raum zu betreten, einen neuen Film mit ungewissem Ausgang, aber Matthäus schiebt mich durch die Tür und die Plüschatmosphäre des *Jenseits* umfängt mich wie ein Kokon. Wir lassen uns einander gegenüber auf die weichen, roten Samtbänke sinken und bestellen Bier. Wir trinken zu schnell und zu gierig, unterhalten uns über Musik, und die ganze Zeit spüre ich deutlich das Unvermeidliche, das wie hinter einem Bühnenvorhang auf uns wartet, aber ich kann es nicht sehen. Ich möchte ihn zur Seite ziehen, herunterreißen, gleichzeitig würde ich am liebsten die Nacht anhalten, ewig verharren in diesem Raum zwischen den Zeiten. Matthäus hält mit beiden Händen sein Glas fest, er hat die Augen geschlossen und scheint der Musik zuzuhören, aber dann bemerke ich seinen Gesichtsausdruck und mir wird klar, dass er versucht, etwas zu sehen, etwas Vergangenes oder Zukünftiges.
Sie hieß Heike, sagt er schließlich, als hätte ich ihn danach gefragt.
Eigentlich war sie die Freundin meines älteren Bruders.
Ich wusste gar nicht, dass du einen Bruder hast, unterbreche ich ihn überrascht. Er nimmt einen Schluck Bier, nickt und schaut in sein Glas, als blubberte darin der nächste Satz.

Er ist ja auch kein richtiger Bruder, nur der Sohn meines Stiefvaters. Wir konnten uns nie besonders gut leiden. Er schneidet eine verächtliche Grimasse. Jedenfalls hatte er eine feste Freundin, Heike. Sie übernachtete öfters bei uns in Berlin. Sie war sehr hübsch, aber sie sprach immer in diesem spöttischen Ton mit mir und machte sich gerne lustig über das, was sie meine Jungfräulichkeit nannte. Sie meinte, ich bräuchte eine erfahrene Frau, die mir etwas beibrächte. Ich glaube, in Wirklichkeit gefiel ich ihr, und sie konnte es nicht zugeben, vor sich selbst, verstehst du. Er schweigt eine Weile, unentschlossen.

Und dann kam diese eine Nacht. Ich weiß nicht, wie spät es war, ich wachte auf, weil ich aufs Klo musste. Sie kam wohl gerade von dort, wir begegneten uns im Flur. Ich hatte mein Pyjama an, aber sie war splitternackt. Ich wäre fast in Ohnmacht gefallen, so peinlich war es mir, doch sie genoss es. Oh, hallo, sagte sie und grinste mich an. Und dann kam sie auf mich zu, drückte mich an die Wand und küsste mich einfach. Ich war starr vor Schreck und konnte an nichts anderes denken als an meinen Bruder und was passieren würde, wenn er jetzt plötzlich auftauchte. Ich hatte noch nie ein Mädchen geküsst, und jetzt stand ich da und fühlte mich wie ein Spielzeug, sonst nichts. Er schüttelt den Kopf und lächelt ein kleines, schiefes Lächeln. Später lag ich mit einem Ständer im Bett und war schrecklich wütend auf mich selbst, ich wollte keinen Ständer haben wegen Heike, die ganze Geschichte machte mich traurig.

Er sieht schnell zur Bar hinüber und ich weiß, den letzten Satz hatte er nicht sagen wollen.
Langsam schiebe ich mein Glas zur Seite, beuge mich über den Tisch und küsse ihn noch einmal, langsam, bedächtig und sehr lange.
Danach sitzen wir noch eine ganze Weile da, ohne zu sprechen, trinken unser Bier aus, hören der Musik zu, lächeln uns hin und wieder an. Alle Spannung ist von mir gewichen, ich fühle mich weich und durchlässig, irgendwie kleiner, wie ein Vogel. Die meisten Gäste sind gegangen, nur an der Bar sitzt noch eine Frau in abgeschnittenen Jeans und ein Mann, der mindestens zwanzig Jahre älter ist als sie, zwischen ihnen steht ein leerer Barhocker. Die Frau lehnt sich zu dem Mann hinüber und zeichnet mit der Hand etwas in die Luft. Ich sehe einen Ring mit einem großen Stein und ihre langen, sorgfältig lackierten Fingernägel. Ich wüsste gerne, worüber sie sprechen, möchte eintauchen in eine andere Geschichte, die vielleicht gerade erst begonnen hat. Matthäus winkt dem Kellner, wir schälen uns mühsam von den Bänken, als wären wir darauf festgewachsen. Ich trete hinaus in die kühle Nachtluft und wende mich automatisch nach links, dann fällt mir ein, dass ich nicht weiß, wo Matthäus wohnt. Ich bleibe stehen und sehe ihn fragend an. Er deutet in die andere Richtung, ich muss eigentlich da runter, Magdalenenstraße, er lässt den Arm sinken, aber ich kann dich begleiten, wenn du willst. Schnell sage ich: Es ist nicht weit, nur ein paar Straßen, ich habe es gesagt, weil ich wollte, dass er nach Hause geht,

doch Matthäus hat sich schon in Bewegung gesetzt, und als wir nebeneinander hergehen, die Nelkengasse hinauf und über die Mariahilfer Straße, bin ich froh, dass er noch da ist. Es muss spät sein, ich bemerke einen hellen Schimmer am Himmel über dem Westbahnhof, ich sage: Die Nacht ist schön, und ich weiß, ohne hinzusehen, dass Matthäus nickt. Als wir vor meinem Haustor stehen, zögern wir einen Moment, dann umarmen wir uns. Wir halten einander fest, ich spüre seinen knochigen Körper, die Sehnen und Muskeln, er ist mir merkwürdig fremd, ein erwachsener Mann, denke ich und bin überrascht. Wie er wohl nackt aussieht? Wir wünschen uns eine gute Nacht, ich schließe auf und gehe ins Haus. Kurz bevor die Tür hinter mir zufällt, höre ich meinen Namen. Rasch drehe ich mich um und halte die Tür auf. Sofie, sagt er noch einmal und in diesem Moment bereue ich, ihn nicht gebeten zu haben, mit hinaufzukommen. Ich habe Lust, all die Dinge zu tun, von denen ich weiß, wohin sie führen und doch nicht weiß, wo sie enden. Ich möchte einen Fehler machen, wieder und wieder hören, wie er meinen Namen ausspricht, das S leicht stimmhaft und das o sehr weit vorne, als würde es gleich aus seinem Mund herausfallen. Matthäus fragt: Erinnerst du dich an den einen Nachmittag bei Simon? und ich frage zurück: Welchen? ich weiß nicht, warum, es tut mir sofort leid. Im heller werdenden Morgenlicht kann ich sein verwirrtes, enttäuschtes Gesicht sehen, ich nehme seine Hand und drücke sie so fest, dass es weh tut. Dann drehe ich mich um und

renne die Stiegen hinauf, ohne anzuhalten, bis in den 3. Stock. In meiner Wohnung gehe ich, ohne Licht zu machen, in die Küche, trinke ein großes Glas Wasser und noch eines. Ich stehe am Küchenfenster, bis es richtig hell ist, dann erst gehe ich schlafen.
Als ich meinen Pullover ausziehe, entdecke ich auf der Rückseite ganz unten ein kleines Loch, ich muss hängengeblieben sein, als ich von der Schaukel gefallen bin. Ich stecke einen Zeigefinger in das Loch und denke an das Foto, von dem Matthäus erzählt hat. Ich stelle mir vor, wie er es aus einer Schublade in seinem Schreibtisch holt, es eine Weile betrachtet, vielleicht mit der flachen Hand darüberstreicht, es dann zurücklegt und die Schublade langsam und sorgfältig wieder schließt.

INHALT

Manfred Rumpl

FAUSTS FALL

Roman, 308 S., Luftschacht Verlag, Wien 2007
ISBN: 978-3-902373-23-6

So schonungslos Rumpl in seinem makellos gefügten Roman wissenschaftliche Scharlatanerie und intellektuellen Narzissmus bloßstellt – als Erzähler begnügt er sich nicht damit. Er eröffnet seinem Protagonisten eine neue Perspektive, lässt ihn die Kraft finden, ein gänzlich neues Leben abseits der Universität zu beginnen. Die Erde hat den fallsüchtigen Helden wieder – und die Welt ein schönes Buch ...

- Rheinischer Merkur -

Rumpls Roman fesselt durch die Ernsthaftigkeit, mit der er die Anamnese einer dem Unernst überantworteten Gesellschaft versucht.

- Die Presse -

Manfred Rumpl hat mit *Fausts Fall* einen bemerkenswerten Roman vorgelegt. Einen Text, der die großen Existenzfragen thematisiert, ohne dabei oberflächlich zu werden. Ein Buch, das trotz seiner philosophischen Einschübe und seines komplexen Aufbaues leicht lesbar ist und auf alle Fälle einen Gewinn darstellt.

- Radio Ö1 -

Hanno Millesi

WÄNDE AUS PAPIER

Geschichten-Zyklus, 148 S., Luftschacht Verlag, Wien 2006
ISBN: 978-3-902373-19-9

Millesis wunderbar abnorme Kinder sind ganz auf sich gestellt, die Aussicht auf und die Einsicht in die Welt sind ihnen gleichermaßen schmerzhaft vermauert. Die Erziehungsberechtigten erscheinen als schwer durchschaubare Wesen, die ein harmonisches Familienleben inszenieren, während sie hinterrücks ganz andere Ziele verfolgen.
– Frankfurter Allgemeine Zeitung –

Zehn Erzählungen versammelt der österreichische Schriftsteller Hanno Millesi in seinem Band *Wände aus Papier*. Bis auf eine sind sie aus der Perspektive eines Kindes geschrieben. Sie handeln von der Hölle Elternhaus mit einer ausgesucht feinen Mischung aus Komik und Schrecken. Die ich-erzählenden Kinder Hanno Millesis führen ein wachsames Protokoll über ihr albtraumhaftes Dasein. Normalität gibt es hier nicht, sondern eine im genauen Beobachten immer fragwürdiger werdende Welt. Wie ein exemplarischer Lebenslauf früher Kinderzeiten an nahezu philosophischen Abgründen enden kann, führt Millesi mit Geschichten über den Kinderwagen, das Kinderzimmer oder über infantile Sprache vor.
– Neue Zürcher Zeitung –

Stephan Alfare

DAS SCHAFFERHAUS

Roman, 328 S., Luftschacht Verlag, Wien 2006
ISBN: 978-3-902373-18-2

Alfare erzählt [...] von den Streichen und Abenteuern eines jugendlichen Versagers, aber nicht als Farce, sondern als Tragödie. Dabei versagt er sich jedes Pathos, scheinbar ungerührt berichtet er von großen und kleinen Niederlagen, von der öffentlichen Blamage als Liedermacher, von tristem Sex und anderen unappetitlichen Dingen und von der Unfähigkeit, dem Mädchen, das auf ihn steht, zu signalisieren, dass es willkommen ist. Bukowski in Dornbirn.

- Der Standard -

Kaum einer kann die Verlierer, die Gestrandeten unserer Gesellschaft derart lakonisch, respektvoll und unpathetisch darstellen, wie das Stephan Alfare immer wieder gelingt.

- Neue Vorarlberger Tageszeitung -

Für mich gehört das Buch – freilich als ein ganz eigenes – in den Kreis von Innerhofer und Wolfgruber.

- Peter Rosei -

bm:uk

WIEN KULTUR